祕密花園

目川文化

目錄

【推薦序】

陳欣希（臺灣讀寫教學研究學會理事長、曾任教育部國中小閱讀推動計畫協同主持人）

我們讀的故事，決定我們成為什麼樣的人！

經典，之所以成為經典，就是因為——其內容能受不同時空的讀者青睞，而且，無論重讀幾次都有新的體會！

兒童文學的經典，也不例外，甚至還多了個特點——適讀年齡：從小、到大、到老！

◇年少時，這些故事令人眼睛發亮，陪著主角面對問題、感受主角的喜怒哀樂……，漸漸地，有些「東西」留在心裡。

◇年長時，這些故事令人回味沈思，發現主角的處境竟與自己的際遇有些相似……，漸漸地，那些「東西」浮上心頭。

◇年老時，這些故事令人會心一笑，原來，那些「東西」或多或少已成為自己的一部分了。

是的，我們讀的故事，決定我們成為什麼樣的人。

擅長寫故事的作者，總是運用其文字讓我們讀者感受到「主角如何面對自己的處境、有何情緒反應、如何解決問題、擁有什麼樣的個性特質、如何與身邊的人互動……」。就這樣，在閱讀的過程中，我們會遇到喜歡的主角，漸漸形塑未來的自己；在閱讀的過程中，我們會感受不同時代、不同國家的文化，漸漸拓展寬廣的視野！

鼓勵孩子讀經典吧！這些故事能豐厚生命！若可，與孩子共讀經典，聊聊彼此的想法，不僅促進親子的情感、了解小孩的想法、也能讓自己攝取生命的養份！

倘若孩子還未喜愛上閱讀，可試試下面提供的小訣竅，幫助孩子親近這些經典名著！

【閱讀前】和小孩一起「看」書名、「猜」內容

以《頑童歷險記》一書為例！

先和小孩看「書名」，頑童、歷險、記，可知這本書記錄了頑童的歷險故事。接著，和小孩猜猜「頑童可能是什麼樣的人？可能經歷了什麼危險的事……」。然後，就放手讓小孩自行閱讀。

【閱讀後】和小孩一起「讀」片段、「聊」想法

挑選印象深刻的段落朗讀給彼此聽，和小孩聊聊——或是看這本書的心情、或是喜歡哪一個角色、或是覺得自己與哪個角色相似……。

陳安儀（親職專欄作家、「多元作文」和「媽媽 Play 親子聚會」創辦人）

在這麼多年教授閱讀寫作的歷程之中，經常有家長詢問我，該如何為孩子選一本好書？而我常常告訴家長：「如果你對童書或是兒少書籍真的不熟，不知道要給孩子推薦什麼書，沒有關係，選『經典名著』就對了！」

為什麼呢？道理很簡單。一部作品，要能夠歷經時間的汰選，數十年、甚至數百年後依舊能廣受歡迎、歷久不衰，證明這本著作一定有其吸引人的魅力，以及亙古流傳的核心價值，才能夠不畏國家民族的更替、不懼社會經濟的變遷，一代傳一代，不褪流行、不嫌過時，歷久彌新，長久流傳。

這些世界名著，大多有著個性鮮明的角色、精采的情節，以及無窮無盡的想像力，令人目不轉睛、百讀不厭。此外，**這類作品也不著痕跡的推崇良善的道德品格，讓讀者在不知不覺的閱讀經驗之中，潛移默化，從中學習分辨是非善惡、受到感動啟發。**

比如說《地心遊記》的作者凡爾納，他被譽為「科幻小說之父」，知名的作品有《海底兩萬里》、《環遊世界八十天》……等六十餘部。這本《地心遊記》廣受大人小孩的喜愛，一共被搬上銀幕八次之多！凡爾納的文筆幽默，且本身喜愛研究科學，因此他的《地心遊記》不但故事緊湊，冒險刺激，而且很多描述到現在來看，仍未過時，甚至有些發明還成真了呢！

又如兒童文學的代表作品《祕密花園》，或是馬克・吐溫的《頑童歷險記》，驕縱的女主角瑪麗和流浪兒哈克，以及調皮搗蛋的湯姆，雖然不屬於傳統乖乖牌的孩子，性格灑脫不羈，無法在課業表現、生活常規上受到家長老師的稱讚，但是除卻一些小奸小惡，在大節上他們卻是堅守正義、伸張公理的一方。而且比起一般孩子來，更加勇敢、獨立，富於冒險精神。

這不正是我們的社會裡，一直欠缺卻又需要的英雄性格嗎？

還有像是《青鳥》，這個家喻戶曉的童話故事，藉由小兄妹與光明女神尋找幸福青鳥的過程，作者以隱喻的方式，將人世間的悲傷、快樂、死亡、誕生、……以各式各樣的想像國度呈現在眼前。最後，兄妹倆歷經千辛萬苦，才發現原來幸福的青鳥不必遠求，牠就在自己的家裡。這部作品雖是寫給孩子的童話，卻是成人看了才能深刻體悟內涵的作品，難怪到現在仍是世界舞台劇的熱門劇碼。

另外，現在雖已進入21世紀，然而隨著人類的科技進步，「大自然」的課題，重要性卻日益增加，不曾減低。這次這套【影響孩子一生的世界名著】裡，有四本跟大自然、動物有關的作品：《森林報》、《騎鵝旅行記》和《小鹿斑比》、《小戰馬》。這些作品早已經因為各式改編版的卡通而享譽國內外，然而，閱讀完整的文字作品，還是有完全不一樣的感動。尤其是我個人很喜歡《森林報》，對於森林中季節、花草樹木的描繪，讀來令人心曠神怡。

這套【影響孩子一生的世界名著】選集中，我認為比較特別的選集是《好兵帥克》和《史記》。前者是捷克著名的諷刺小說，小說深刻地揭露了戰爭的愚蠢與政治的醜惡，筆法詼諧逗趣；後者則是中國的古典歷史著作，收錄了許多含義深刻的歷史故事。這兩本著作非常適合大人與孩子共讀。

衷心盼望我們的孩子能**多閱讀世界名著，與世界文學接軌之餘，也能開闊心胸、增長智慧、陶冶品格，將來成為饒具世界觀的大人。**

張佩玲（南門國中國文老師、曾任國語日報編輯）

經典名著之所以能流傳上百年，正因為它們蘊藏珍貴的人生智慧。【影響孩子一生的經典名著】選取了不同時空的精采故事，帶著孩子一起進入智慧的殿堂。當孩子正要由以圖為主的閱讀，逐漸轉換至以文為主階段，此系列的作品可稱是最佳選擇，無論情節的發展、境況的描述、生動的對話等皆透過適合孩子閱讀的文字呈現。

《祕密花園》的發現與耕耘，讓孩子們了解擁有愛是世界上最幸福的事，學習珍惜並懂得付出。

《頑童歷險記》探討不同種族地位的處境，主人翁如何憑藉機智與勇氣追求自由權利的一場冒險，帶領孩子們思考對於現今多元世界應有的相互尊重。

《小鹿斑比》自我探索的蛻變過程，容易讓逐漸長大成熟的孩子引起共鳴，並體會父母對自己殷切的愛與期待。

《好兵帥克》莫名地遭遇一連串的災難，如何能樂觀面對，亦讓在學習階段可能經歷挫折的孩子思考，用更正面的態度因應各種困境。

《森林報》對於大自然四季更迭變化具有詳實報導，並在每章節最末設計問題提問，讓孩子們練習檢索重要訊息，培養出對生活周遭的觀察力。

我們由衷希望孩子能習慣閱讀，甚至能愛上閱讀，若能知行合一，更是一樁美事，**讓孩子發自內心的「認同」，自然而然就會落實在生活中。**

施錦雲（新生國小老師、英語教材顧問暨師訓講師）

108新課綱即將上路，新的課綱除了說明12年國民教育的一貫性之外，更強調「核心素養」。所謂「素養」，……同時涵蓋 competence 及 literacy 的概念，competence 是學**科知識、能力與態度的整體表現，literacy 所指的就是閱讀與寫作的能力。**

一套優良的讀物能讓讀者透過閱讀吸取經驗並激發想像力，閱讀經典更是奠定文學基礎最好的方式。

張東君（外號「青蛙巫婆」、動物科普作家、金鼎獎得主）

有些書雖然是歷久彌新，但是**假如能夠在小時候以純真的心情閱讀，就更能獲得一輩子的深刻記憶**。……縱然現在的時代已經不同，經典文學卻仍舊不朽。我的愛書，希望大家也都會喜歡。

戴月芳（國立空中大學／私立淡江大學助理教授、資深出版人暨兒童作家）

因為時代背景的不同，產生不同的決定和影響，我們讓孩子認識時間、環境、角色、個性、條件會影響抉擇，所以就會學到體諒、關懷、忍耐、勇敢、上進、寬容、負責、機智，這些都是**不同時代的人物留給我們最好的資產**。

謝隆欽（地球星期三 EarthWED 成長社群、國光高中地科老師）

就一本啟發興趣與想像的兒童小說而言，是頗值得推薦的閱讀素材。……文字淺白，情節緊湊，若是**中小學生翻閱，應是易讀易懂；也非常適合親子或班級共讀**，讓大小朋友一同與書中的主角，共享那段驚險的旅程。

王文華（兒童文學得獎作家）

【影響孩子一生的世界名著】跨越時間與空間的界限，帶著孩子們跟著書中主角一起生活與成長，從閱讀中傾聽《小戰馬》、《小鹿斑比》等動物與大自然和人類搏鬥的心聲，跟隨《地心遊記》、《頑童歷險記》、《青鳥》追尋科學、自由與幸福的冒險旅程，踏上《騎鵝歷險記》、《森林報》的歐洲土地領略北國風光，一窺《史記》、《好兵帥克》的中國與歐洲一戰歷史。**有一天，孩子上歷史課、地理課、生物自然課，會有與熟悉人事物連結的快樂，自然覺得有趣，學習起來就更起勁了。**

李貞慧（水瓶面面、後勁國中閱讀推動教師、「英文繪本教學資源中心」負責老師）

孩子透過閱讀世界名著，將**豐富其人文底蘊與文學素養**，誠摯推薦這套用心編撰的好書給大家。

李博研（神奇海獅先生、漢堡大學歷史碩士）

介於原文與改寫間的橋梁書，除了提升孩子的閱讀能力與理解力，他們更可以從一則又一的故事中了解各國的文化、地理與歷史，也能從《好兵帥克》主人翁帥克的故事中，明白戰爭帶給人類的巨大傷害。

金仕謙（臺北市立動物園園長、台大獸醫系碩士）

在我眼裡，所有動物都應受到人類尊重。從牠們的身上，永遠都有值得我們學習的地方。很高興看到這系列好書《小戰馬》、《小鹿斑比》、《騎鵝歷險記》、《森林報》中的精采故事。

相信從閱讀這些有趣故事的過程，可以從小**培養孩子們尊重生命，學習如何付出愛與關懷，更謙卑地向各種生命學習，關懷自然。**

真心推薦這系列好書。

第一章　倔強的瑪麗小姐

當瑪麗·倫諾克斯被送到米瑟斯韋特莊園和她姑丈一起生活的時候，所有人都說從沒見過這麼不惹人愛的小孩：一張瘦黃的小臉，一頭又細又輕的頭髮，單薄的身材，還有一副整天氣鼓鼓的表情。

瑪麗在印度出生，一年到頭毛病不斷。她的爸爸是一名英國軍官，自己身體不好，工作又忙碌。她的美麗媽媽喜歡參加宴會，到處玩樂，所以根本沒把這個女兒放在心上。

瑪麗從小就由印度保姆和僕人們照顧，因為女主人被她的哭聲打擾就會大發雷霆，他們對這個又病又難看的小女孩總是百依百順。瑪麗就這樣為所欲為的生活著。六歲時，她已經是一個專橫、自私的小霸王，請來教她讀書寫字的家庭教師都受不了她的脾氣，待不了多久就辭職了。

九歲那一年，瑪麗家發生了重大變故！

一個炎熱的早晨，她醒來時發現站在自己床邊的是一個陌生的女僕。

「你來幹什麼？快把我的保姆叫來！」瑪麗大發脾氣，對女僕又叫又踢。女僕很害怕，反覆說著保姆來不了了。

這天早上，家裡的氣氛很古怪，僕人們都是一副匆匆忙忙、驚慌失措的樣子，沒有人告訴瑪麗到底發生了什麼事，她的保姆始終沒有出現。瑪麗又生氣又無聊，一個人到花園裡玩耍，但越玩火氣越大。

「豬！豬！豬養的！」她氣得罵道。因為她知道，說一個印度人是豬，是最大的一種侮辱。

正當瑪麗咬牙切齒的罵人時，忽然看到媽媽和一位年輕軍官在低聲談話，眼睛流露出驚恐的神色，兩個人都顯得非常不安。

「情況真的這麼糟嗎？」倫諾克斯夫人問。

「糟糕透了！你應該早點到山裡去。」軍官回答。

夫人雙手緊緊絞在一起，懊惱的說：「我知道！如果不是那個愚蠢的宴會，我早該走了！」

就在此時，一陣驚天動地的哭喊聲從僕人的住處傳來。夫人抓住年輕軍官的手臂，驚慌的問：「怎麼回事？怎麼回事？」

「有人死了，你沒聽說瘟疫已經在傭人之間傳播開來了？」軍官說。

夫人哭了出來：「我不知道！跟我來！」她轉身奔進了屋子。

終於，霍亂以致命的形式爆發了！瑪麗的保姆剛剛染病身亡，到處都是一片混亂，屋子裡的人們一個接一個消失。瑪麗躲在自己房裡，哭到累了就睡，醒了又哭。沒有人想起她。

瑪麗不知道自己到底睡了多久，等她澈底清醒後，房子裡竟然一片寂靜。不一會兒，兩名軍官打開房門，這才看到了她。瑪麗皺著眉頭，看上去狼狽不堪，滿臉怒容，因為她餓了，而且內

心覺得很受傷。

「為什麼把我忘掉了？為什麼沒有人來啊？」瑪麗氣惱的跺著腳問。

一名軍官回答她：「可憐的小傢伙，不會有人來了，這裡一個人也沒了。」

瑪麗就在這樣奇怪而突然的情況之下，得知自己變成了孤兒。

以前，瑪麗喜歡遠遠的看著媽媽，覺得她又年輕又漂亮。但是她們幾乎沒什麼機會接觸，所以要她愛媽媽、想念媽媽，實在不太可能。她還小，一向受人照顧，還以為永遠都會這樣，每個人都會順著她。

瑪麗先暫時被送到一位英國牧師家，她不會留下來，也不想留下來。牧師家境貧困，家中有五個差不多大的孩子。瑪麗討厭孩子們的爭奪吵鬧，討厭他們簡陋的屋子不乾淨。

孩子們也覺得她脾氣壞、難相處，很快就沒有人願意搭理她，還捉弄她，叫她「倔強小姐瑪麗」，讓她火冒三丈。

有一天，其中一個七歲的男孩告訴瑪麗：「你就要被送到你姑丈那裡去了，他叫阿奇博德．克雷文。他住在英國鄉下一座巨大的舊宅子裡。他是個駝背的人，脾氣很壞，總不讓人接近他。」

「我不相信你。」瑪麗轉過身去，把手指塞進耳朵裡。

那天晚上，牧師夫婦告訴她，將送她去英國約克郡的姑丈家時，她臉上一點表情也沒有，看起來一副無所謂的樣子。

啟程的日子到了，瑪麗在一位軍官太太的照顧下，搭乘輪船千里迢迢來到倫敦，她的姑丈派了莊園的女管家梅德洛克太太來接她。

梅德洛克太太打量著瑪麗，評頭論足的說：「她真是個不起眼的小東西！但我們聽說她的媽媽是個大美人。」

「也許她長大後會變漂亮吧！」軍官太太善意的說：「如果她的臉色不那麼黃，表情開朗些的話……她的五官長得挺不錯的。女大十八變嘛！」

「她是得好好改變改變。不過，要我說啊，米瑟斯韋特莊園也不可能讓孩子變多好的。」

她們以為瑪麗沒聽見，因為打從落腳旅館，她便遠遠的站在窗戶邊，但其實瑪麗聽得一清二楚，而且對她的姑丈和他住的地方感到十分好奇。

第二天，瑪麗就和梅德洛克太太踏上了前往約克郡的旅程。

瑪麗一臉不高興的跟著梅德洛克太太上了火車，她一點也不喜歡眼前這個臉色紅潤、身體結實的女人。

梅德洛克太太不理會瑪麗的彆扭，自顧自的介紹起了米瑟斯韋特莊園。

剛開始，瑪麗一言不發，可是聽到那座房子有六百年的歷史，坐落在荒原邊上，房子裡有將近一百個房間，大多都上了鎖，房子周圍有一個大庭園，到處都是花草樹木，瑪麗開始不由自主的聽了起來。這對她來說很新鮮。

「克雷文先生是個駝子，他因此很自卑。結婚前他就一直悶悶不樂，直到結婚後才有了改變，他的妻子又美麗又親切，她喜歡大自然，喜歡花園和鮮花，克雷文先生願意為她做任何事。她去世後，先生的脾氣變得更加古怪了，他不想見人，大部分日子都不在家。你別指望能見到他，也別指望會有人和你說話，你最好自己玩，不要到處亂逛，有很多房間是不能隨便進去的。這件事非常重要，否則克雷文先生會生氣的。」

「我才不會到處亂逛呢！」瑪麗不高興的說，剛開始對克雷文先生產生的一點同情，瞬間消失得無影無蹤。

她轉過頭，凝視著灰濛濛的雨幕，慢慢的睡著了。

第二章　穿越荒原

瑪麗睡了很久，醒來後吃了些梅德洛克太太買的午飯。雨似乎下得更大了，沒多久瑪麗又睡著了。等她再次醒來時，天色已經很暗。

火車停了下來，梅德洛克太太正在搖醒她：「你睡得夠久，該醒醒了！我們到站了，接下來還有很遠的路要走呢！」

於是，她們下了火車，換上一輛漂亮的馬車。

瑪麗坐在馬車上，好奇的看著窗外。梅德洛克太太告訴她，她們得穿越五英里遠的荒原，才能抵達莊園。車窗外一片漆黑，只能借著馬車微弱的燈光，看到一些樹木。不一會兒，連樹也看不見了，路的盡頭黑壓壓一片。

起風了，周圍發出一陣陣奇怪、低沉、狂野的聲音。

「那不是海，對嗎？」瑪麗問。

梅德洛克太太回答：「不是，這是風吹過灌木叢的聲音。這裡是無邊無際

的荒原，除了石楠、荊豆和金雀花之外，什麼也不長，除了野馬和綿羊之外，什麼動物也沒有，是個非常荒蕪、陰沉的地方。」

「我不喜歡這個地方。」瑪麗自言自語的說。

馬車又行駛了好長一段路，終於看到了遠處的燈光，梅德洛克太太長長舒了一口氣。**她們到米瑟斯韋特莊園了！**

馬車進入莊園大門，又在林蔭道上走了兩英里後，停在一棟很長的大房子前面。巨大的門是用厚重的橡木板做成的，上面釘著大鐵釘，包著寬鐵條。走進巨大的客廳，燈光昏暗，牆上掛著許多肖像，全都一身鎧甲。瑪麗不願意朝他們多看一眼。她站在石頭地板上，變成了一個奇怪的小影子。她感覺自己是如此渺小、古怪，而且失落。

一個穿著整齊但身體瘦削的老僕人對梅德洛克太太說：「妳帶她到房間去，克雷文先生不想見她，他明天一早要去倫敦，別去打擾他。」

「好的，皮切爾先生。」梅德洛克太太回答：「我會照辦的。」

於是，瑪麗被領著步上一座寬闊樓梯，穿過一個又一個走廊，來到一扇敞開的門前。進了房間，裡面生著火，晚飯已經擺在桌上。

梅德洛克太太心不在焉的對她說：「好，到了！這個房間和隔壁那間都歸你住——你必須乖乖住在這裡，不要亂跑。別忘了！」

早晨，瑪麗睜開眼睛，看到一個年輕女僕跪在壁爐前的地毯上，很大聲的在掏爐灰。瑪麗躺在床上打量著房間，覺得它又古怪又沉悶，窗外的土地看起來光禿禿的，像是一片死氣沉沉的紫色大海。

「那是什麼？」瑪麗問道。

「那是荒原。」女僕溫和的一笑：「你喜歡嗎？」

「不，我討厭它。」

「那是因為你還不習慣。我多喜歡這裡啊！空曠的荒原上生氣勃勃，而且聞得到甜美的氣味。到了春天和夏天，花兒綻放，蜜蜂嗡嗡，雲雀歌唱，真是美好極了。我說什麼都不願意離開這裡！你好，我是瑪莎。」

瑪麗嚴肅而困惑的聽著她說話，覺得瑪莎和那些印度的傭人截然不同。印度的傭人們卑躬屈膝，從來不敢這樣大膽的和主人說話。

「你是一個奇怪的傭人。」瑪麗靠著枕頭說。

瑪莎起身，笑了笑，開始擦拭柴火架。

「你是我的傭人嗎？」瑪莉傲慢的問。

「我是梅德洛克太太的僕人，她是雷克文先生的僕人。我進來打掃房間，也順道服侍你。不過，你不需要太依賴我。」

「誰來給我穿衣服？」

瑪莎直率的說：「你應該自己學會穿衣服，這樣對你有好處。」

「在印度可不是這樣的。」瑪麗忍無可忍了。

瑪莎也不示弱：「我知道。那裡有許多黑人，我本來以為你也是黑人呢！」

瑪麗憤怒的坐起身：「什麼！你以為我是黑人？你……你是豬的女兒！」

瑪莎瞪大眼睛，也動怒了：「你罵誰？年輕女孩子可不能這麼說話。我一點都不歧視黑人啊！」

「你好大的膽子！你根本不瞭解黑人，他們都是傭人。你什麼都不懂！你對印度什麼都不知道！」

瑪麗氣極了，但瑪莎只是盯著她看。突然間，瑪麗覺得自己孤獨至極，她熟悉的一切離她那麼遙遠。她撲在枕頭上，大哭了起來。這下心地善良的瑪莎可慌了，她好聲好氣的懇求瑪麗的原諒，才讓瑪麗漸漸停止了哭泣。

終於，在瑪莎的幫助下，瑪麗穿好了衣服。瑪莎從沒見過一個小孩子像瑪麗這樣一動也不動的站著，等著別人來伺候一切。而瑪麗開始察覺到，這個莊園將教會她做一些事情——比如，自己動手穿衣服。

瑪莎很健談，她興致勃勃的把自己家裡的情況說給瑪麗聽。

「我們有十二個兄弟姐妹，我爸爸的收入很少，媽媽得費盡心思才能讓大家吃飽。我的弟妹們整天在荒原上奔跑；狄肯十二歲，他甚至和荒原上的馬兒交上了朋友。」

瑪麗好奇的聽著，對狄肯產生了一點興趣。但對於豐盛的早餐，卻提不起精神。「你可以把這些食物帶給你弟弟妹妹們。」她向瑪莎提議。

瑪莎堅定的否決：「這不是我的。今天也不是我休息。我每個月休息一天，那天我就回家，幫媽媽做家務，讓她休息。」

早餐後，瑪莎建議瑪麗到戶外去玩，能讓她胃口好一點。

「誰和我一起去呢？」瑪麗問她。

「你一個人去。狄肯常常一個人去荒原上玩。」

正是因為提到了狄肯，瑪麗才決定到外面去，儘管她沒有意識到這一點。

瑪莎給瑪麗指明了往花園的路，猶豫了一下，又加上一句：「有一座花園是鎖起來的，已經十年沒人進去過了。」

在瑪麗的追問下，瑪莎告訴她那是克雷文太太的花園，她去世後，克雷文先生就鎖上花園，埋了鑰匙，不讓任何人進去。

瑪麗四處閒逛，心裡卻始終想著那座鎖上的花園。她沿著蜿蜒的小路走，走到路的盡頭是一道長長的圍牆，常春藤爬出了牆頭，常春藤中間有一扇門。她穿過門，發現是一個四面圍牆的園子，另外還有一扇打開的門，似乎能連通到其他的園子。

這時，一個扛著鏟子的老人穿過一個園子的門走了過來，他看到瑪麗那張冷漠倔強的臉，自然也沒什麼好臉色。

「這是什麼地方？」瑪麗問。

「菜園。」

「那裡呢？」瑪麗指著另一扇

門問道。

「另一個菜園，在牆的那邊還有一個，那個菜園的另一邊是個果園。」

瑪麗穿過三扇門後來到了果園，四周都是圍牆，再也沒有門了。可是她突然聽見小鳥婉轉的歌聲，她看見一隻紅胸脯的小鳥站在牆外的樹梢上。她停下來愉快的聆聽著小鳥的歌聲，直到牠飛走。

瑪麗走回第一個菜園，老人還在那裡挖土。她上前問道：「果園圍牆另一邊還有園子嗎？我看見那裡有樹，一隻紅胸脯的鳥兒停在樹梢上唱歌。」

聽到這裡，老人原本不耐煩的臉上漾開了一絲笑意，他吹了聲口哨，那隻小鳥居然飛來了他面前。老人笑著和小鳥說話，像逗孩子一樣。

「牠是紅腹知更鳥——這世上最友善、最好奇的鳥。和牠一窩的鳥兒都飛走了，只剩牠孤單一隻。」

「我也是孤單一人。」瑪麗說。

「你是印度來的那個小女孩？我叫班．威瑟斯塔夫，這裡的花匠，我也是孤家寡人一個，知更鳥是我唯一的朋友。」

「你知道狄肯嗎？」

「誰都認識他，動物們也都認識他、喜歡他。」

瑪麗還想問些問題，但就在此時，知更鳥展翅飛走了，「牠飛回那座沒有門的花園了！」瑪麗喊道。

「那裡應該有扇門吧？是在哪裡啊？」她問。

「沒有，誰也找不到！你別再管閒事了，和你沒關係！」

老花匠扛起鏟子扭頭就走，沒看瑪麗一眼，也沒說再見。

第三章　走廊裡的哭聲

在莊園最初的幾天，瑪麗的日子過得平淡又無聊。每天吃過早飯後，待在屋子裡實在無事可做，所以她就往屋外跑。她並不知道戶外運動對她來說再好不過了，在大風中跑跑跳跳，體內的血液循環加速，肺活量增加，讓她強壯了起來，臉頰有了紅潤的血色，胃口也越來越好。

「是荒原上的空氣讓你有了胃口。」瑪莎說：「你真有福氣，想吃就有得吃。要是每天出去玩，你的骨頭上就會長出肉來，臉色也不會這麼黃了。」

瑪麗便到處去蹓躂，觀察各種東西。她在那些園子裡轉來轉去，在庭園的小徑上兜來兜去。有時候她去找班，但是他總不愛搭理她。她最常去的地方，就是祕密花園外那條長長的小徑。

當她駐足抬頭，看著一蓬常春藤在風裡搖擺，突然間瞥見一抹鮮紅，聽到一聲清亮短促的鳥鳴。在那裡，她又遇見了紅腹知更鳥。

「嗨！是你嗎？是你嗎？」她喊道，一點兒也不覺得對知更鳥說話很奇怪，好像肯定牠會明白她的話一樣。

知更鳥婉轉而短促的啼叫，像是真的在回答她一樣。牠在牆上跳來跳去，瑪麗追著牠跑，開心的吶喊著：「我喜歡你！我喜歡你！」。

知更鳥展翅飛起，落在了圍牆裡的一棵樹梢上。

突然，瑪麗明白了，知更鳥就住在這祕密花園裡！她來來回回仔細的尋找，可是始終沒有找到花園的門。太奇怪了！

「十年前這裡肯定有扇門的，因為克雷文先生埋了鑰匙呀！」

瑪麗開始感到興致盎然，覺得來到米瑟韋斯特莊園並不壞。在印度她總是覺得熱，倦怠的什麼事都不願關心。現在她幾乎整天待在屋外，吃晚飯時她感到又餓又疲困，卻覺得很舒服。

她也越來越喜歡和瑪莎說話了。瑪莎很愛聊天，瑪麗向她提出了心中的疑問：「克雷文先生為什麼痛恨那座花園啊？」

健談的瑪莎終於忍不住和盤托出：「記住，這件事不能傳出去，這是克雷文先生的命令。那是克雷文太太的花園，太太可喜歡花園啦！那裡有一棵老樹，上面一根粗樹枝像個座位，她讓玫瑰長滿樹幹，經常坐在那裡。但是，有一天樹枝斷裂，她跌了下來，傷得很重，第二天就死了。從那以後，克雷文先生就痛恨那座花園，誰也不准進去，也不許任何人談起。」

瑪麗不發一語的聽著，**她明白了一種新的感受——同情。**

屋外的風聲更大了，那空洞、顫慄般的咆哮聲，繞著房子一圈圈的狂奔，彷彿一個隱形的巨人猛擊著牆和窗戶，想闖進來。

但不僅是風聲，她還聽到了一種奇怪的聲音──像是小孩子的哭聲。沒錯，這聲音就在屋子裡，不是屋外傳來的。雖然隔得很遠，可是就在裡面。

「你聽到有人在哭嗎？」她問瑪莎。

瑪莎顯得有些慌亂：「沒有啊！那只是風的聲音。有時候聽起來像是有人在荒原上迷了路而嚎哭，風能弄出各樣的聲音來。」

就在那一刻，房門被風吹了開來，哭聲聽起來更清晰了。

「你聽，那是哭聲啊！」

瑪莎關上房門，固執的說：「是風聲，要不就是小巴蒂的哭聲，那個洗碗的女僕，她整天牙痛。」但是她的神色有些不安、有些彆扭，瑪麗發現了，她不相信瑪莎說的是真話。

第二天，大雨滂沱。瑪麗望著窗外，看荒原籠罩在灰濛濛的雲雨之下，心想今天是不可能出去了。

「碰到這樣的大雨天，你們在屋子裡都做些什麼呢？」她問瑪莎。

「盡量不要被別人踩到。」瑪莎回答：「我們家確實人太多了。媽媽脾氣很好，但她也很煩惱。我們幾個大的孩子就到牛棚去玩；狄肯不怕下雨，他還是會跑到外面去。他曾在雨天救過一隻小狐狸和烏鴉，還帶回來養著呢！」

瑪麗聽得津津有味，她最喜歡聽瑪莎講媽媽和狄肯的事了。

「如果我也能養隻小動物就好了。」瑪麗說。

「你可以讀點書啊！」瑪莎建議：「要是梅德洛克太太能讓你進藏書室就好了，那裡有幾千本書。」

瑪麗沒問藏書室在哪兒，她突然靈機一動，決定自己去找。

這天早上，等瑪莎走後，瑪麗就開始行動了。她在走廊四處摸索著，走廊很長，有分岔，還有階梯。她發現一扇又一扇的門，所有的門都緊閉著，正如梅德洛克太太所說。走廊的牆上掛著許多風景畫和古老的肖像畫。

直到爬上三樓時，瑪麗才想到要去扭動門把。隨後她打開了幾扇門，發現房間裡幾乎都擺設著古老的家具和裝飾，牆上都掛著年代久遠的畫或掛毯。在某個房間角落，她聽到一陣輕微的窸窣聲，是從壁爐前的沙發裡面傳出來的。瑪麗走過去察看，發現沙發墊子已經成了老鼠窩。

逛了許久，實在累了，瑪麗想回自己的房間去。可是她迷路了。她樓上樓下亂走一通，好不容易才終於找到自己房間那個樓層。

突然，她又聽見了哭聲。是一種發洩的、孩子氣的哭號！

「是哭聲，比上次的還要近。」瑪麗想著，心跳開始加速。

她碰巧把手放到身旁的掛毯，掛毯彈了開來，她大吃一驚。掛毯後有一道門，門往後一沉打了開來，出現走廊的另一部分，梅德洛克太太正從那裡走來，手上提著一大串鑰匙，臉上一副很不高興的表情。

「你在這裡做什麼？」她說，一把抓住瑪麗的胳膊往前走。「我之前是怎麼對你說的？」

「我走錯路了！」瑪麗解釋：「我不知道該往哪裡走，我聽見有人在哭。」

「你沒聽見那種聲音！馬上回房去！」她抓著瑪麗的胳膊，又推又拉的把她推進房裡。「你待在你應該待的地方。主人最好趕快給你找個家庭教師，你需要有人嚴格看管。」她出去時把門重重的甩上。

瑪麗氣得臉直發白。她沒有哭，而是不停的咬牙切齒，早晚她會弄清楚這件事：「**我沒聽錯，就是有人在哭！**」

第四章 花園的鑰匙

兩天後，雨停了。一睜開眼睛，瑪麗就看見窗外的天空，藍的像深邃的湖水，上面漂浮著朵朵白雲，真是美麗極了！

瑪莎愉快的告訴她：「暴雨暫時過去了。春天還沒到，但已經快來了。」

「我還以為英國一年到頭只會下雨呢！」

「才不是呢！太陽出來的時候，約克郡就是世界上陽光最燦爛的地方。你等著吧！等到荊豆、金雀花、石楠都開了花，成百上千隻蝴蝶翩飛，蜜蜂嗡嗚，雲雀歌唱，你就會天天想出去玩，就像狄肯整天待在荒原上一樣。」

「我可以去那裡嗎？」瑪麗渴望的問，那會是多麼嶄新、廣闊的天地啊！

「我不知道。在我看來，你好像從來都沒有好好的走過路。你大概走不了五英里的路，我家小屋離那裡有五英里遠呢！」

「我真想看看你家的小屋。」

瑪莎好奇的看了瑪麗一會兒，覺得她不再像第一次見到時那般乖戾了。「我會問問我媽媽，她可有辦法啦！今天是我休息的日子，我要回家去了。」

瑪莎照料瑪麗吃完早餐之後，就興高采烈的回家了。瑪麗頓時感到孤單，便又蹓躂了出去，她走進第一個菜園，發現班正在園子裡忙著。

班對她說：「春天來了，你能聞到嗎？」

瑪麗嗅了嗅鼻子：「我聞到了新鮮、潮濕、好聞的氣味。」

「這是肥沃的泥土氣味。」班回答：「這些泥土現在心情正好，正準備長東西。過不了多久，就能看到綠色的芽，從黑色的泥土裡鑽出來了。」

「有哪些東西會長出來？」

「番紅花、雪花蓮和黃水仙。」

這時知更鳥飛了過來，在瑪麗跟前歡快的跳來跳去，歪著腦袋瞧著她。

「牠住的那個花園，也會有綠色的芽從泥土裡鑽出來嗎？」瑪麗問。

「哪個花園？」班的臉色陰沉下來。

「就是長著老玫瑰樹的花園，那些花都死了嗎？還有能活過來的嗎？」

「問牠吧！」班朝知更鳥聳了聳肩，說：「只有牠知道，十年來除了牠，誰也沒有進去過那裡。」

瑪麗開始喜歡起那個祕密花園，就像她開始喜歡知更鳥、狄肯、瑪莎和瑪莎的媽媽一樣。她離開菜園，繼續閒逛，知更鳥一路跟著她飛來，這讓瑪麗心裡充滿驚喜，她用溫柔的聲音和知更鳥說話，聲音幾乎有點顫抖了。

知更鳥停在一個翻起的土堆上找蟲子，那是一隻狗挖的，洞挖得很深。突然，瑪麗看到一個東西埋在土堆裡，像是一枚生鏽的鐵環或銅環。瑪麗把它撿了起來——**那是一把被埋了很久的舊鑰匙！**

瑪麗驚訝的喃喃自語：「也許這就是祕密花園的鑰匙。」

瑪麗心想，如果她能找到花園的門，也許就可以打開門，走進那座被關了十年的花園了。到時候一個人在裡面玩，沒有人會發現，多開心啊！

瑪麗把鑰匙放進口袋，在小徑上走來走去，在掛滿常春藤的圍牆上不停的搜索，仍無所獲。瑪麗相當失望，近在咫尺卻進不去，心裡又鬧起彆扭了。她決定把鑰匙隨身帶著，這樣一旦發現那扇門，就可以開門進去了。

第二天，瑪莎就回來莊園了。她神采奕奕的聊著家裡快樂的一天：她幫媽媽做了所有家事，給弟妹們烤了餅乾，還給他們講了瑪麗在印度的事情。

「他們好喜歡印度和你坐大船的故事。我講的那些，他們都聽不夠。」

「等你下次回去的時候，我再給你講很多很多。我敢說他們一定喜歡聽騎大象和駱駝，還有軍官們打老虎的事情。」

「真的嗎？那他們要高興壞了。」

「印度和約克郡很不一樣。狄肯和你媽媽真的喜歡聽我的事情嗎？」

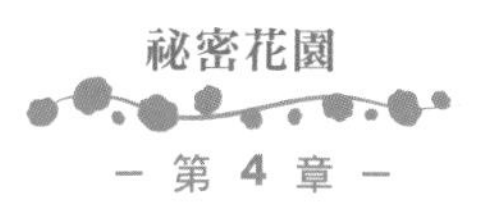

「當然，狄肯聽得眼睛都瞪圓了。不過媽媽問我，克雷文先生沒有給你找個家庭教師或者保姆嗎？我說，沒有，雖然梅德洛克太太說，等他想到的話他會找的，但恐怕再過兩、三年，他都不會想到吧！媽媽說，你這個年紀應該讀書識字了，應該有個女人來照顧你。她跟我說：『瑪莎，如果是你，一個人住在大屋子裡，沒人照顧，會是什麼感覺呢？你要盡力使她開心。』」

「你確實使我開心起來了，我喜歡聽你說話。」瑪麗望著她說。

瑪莎走出房間一會兒，回來時帶著東西。

「你看，我給你帶了禮物。」

禮物？瑪麗真是喜出望外。

「一個小商販路過我家門口，車上裝滿了各式各樣的東西，媽媽別的都沒買，就買下這條跳繩。」

瑪莎兩手各握住一邊木柄，給瑪麗示範怎麼跳繩。瑪麗興奮的看著。

瑪莎把跳繩遞給她：「媽媽說，沒有什麼比跳繩更實用的玩具了。在屋外的新鮮空氣裡跑跑跳跳，會讓人手腳長得快，變得有力氣。」

瑪麗離開屋子，到外頭練習跳繩。她跳過一條條的小路，她越跳越開心，最後跳進了菜園，看見班在一邊挖土一邊跟知更鳥說著話。

「你跳得臉都紅了。好呀！到底是小孩子呀！」他對瑪麗說。

瑪麗開心的跳來跳去，跳得氣喘吁吁，全身發熱。知更鳥也一路跟著她。她停下來休息，笑著對牠說：「昨天你告訴我鑰匙在哪兒，今天應該告訴我門在哪兒了，不過我相信你也不知道。」

知更鳥從搖晃的常春藤枝條飛到牆頭上，張開嘴巴，發出嘹亮的歌聲。一陣風吹過小徑，垂掛在牆頭的常春藤枝條隨風搖曳。瑪麗看見枝條下面有樣東西——一個圓球。**這是一個門球！**

瑪麗把手伸到枝葉下面，把它們往旁邊拉開，她的手摸到了一個鐵製、方型的東西，上面有一個洞。這是什麼呀？

原來，那是封閉了已有十年的門鎖。瑪麗從口袋中掏出鑰匙，正好與鎖眼吻合。她把鑰匙插進去轉了一下，要用兩手才轉得動。但是，鎖真的動了！

瑪麗深吸了口氣，回頭望了望身後的小徑，沒有人過來。她又情不自禁的吸了口氣，撥開搖晃的藤蔓，把門往後推。門慢慢的、慢慢的打開。

她溜了進去，小心的關上門，把背靠在門上環顧四周。由於興奮、驚奇和快樂，她的呼吸變得又短又急促。

她正站在祕密花園裡呢！

第五章　祕密花園

這是任何人都無法想像的最美好、最神祕的地方。四周高高的牆上爬滿了葉子落盡的玫瑰枝蔓，密密麻麻的像席子一樣覆蓋住牆壁。地上覆蓋著枯黃的草，枯草裡長出一叢叢灌木。大樹上爬滿了玫瑰枝蔓，垂下的長長藤蔓，好像輕盈搖晃的簾子。枝蔓上沒有葉子也沒有花朵，瑪麗不知道它們是否還活著。或灰或褐色的枝蔓像一片迷霧籠罩著一切，使花園顯得如此神祕。

「這裡真是安靜啊！」瑪麗喃喃自語道。

知更鳥也非常安靜，牠蹲在樹梢上一動也不動，連翅膀都沒有鼓動一下。

「也難怪。我是十年來第一個在這裡說話的人嘛！」

她從門邊挪開身子，輕手輕腳的彷彿擔心會吵醒誰。她的腳步悄無聲息，踩在草地上，仰頭看著在樹與樹之間攀纏的玫瑰枝蔓。

「不知道它們是不是都死掉了，希望這不是一座死花園啊！」

假如她是班，就能辨別出樹木是不是還活著，可是她看見的只有灰色、褐色的枝蔓。但她畢竟到了這座奇妙的花園，以後隨時可以從常春藤下的門進來。她感覺自己像是找到了一個完全屬於自己的世界。

在這裡，她感覺與所有人相隔千里，卻又不感到孤獨。唯一困擾她的是，不知道還有沒有活著的玫瑰樹。於是，她決定一邊跳繩一邊兜遍整座花園。

園子裡隨處可見長草的小徑，在角落裡有常春藤蔓生的涼亭，裡面有石凳和花甕。她跳著來到第二個涼亭，這裡曾經有一個花圃，黑色土壤裡似乎有些東西竄出頭。她想起班說過的話，就蹲下來查看，發現是綠色的幼苗！

「也許在別的地方還有別的東西竄出頭來，我要好好看看。」

她不再跳繩，而是慢慢的走，眼睛盯著地面仔細查看，不漏掉任何一個小角落。結果發現了更多綠色的幼苗！她激動的叫道：「**這不是一個死去的花園，就算玫瑰死了，還有別的東西活著呢！**」

瑪麗對園藝一無所知，但是那些幼苗竄出來的地方，四周雜草似乎長得很濃密。於是她四處尋找，找到了一根尖木棍。她跪下來，開使用木棍挖土除草，總算在幼苗周圍清理出一小塊空地。

「現在它們可以自由呼吸了。」收拾完第一處，她想：「我還要收拾很多地方，有幼苗的地方我都要清理。如果今天來不及，我就明天再來。」

瑪麗走過一個又一個花圃，挖土除草，一直走到樹下的草叢。這番活動使她渾身發熱，她先脫掉了外衣，然後摘下帽子，還不自覺的對那些草和綠色幼苗微笑。知更鳥也跟著她忙得不可開交。

瑪麗在祕密花園裡不停的除草，一直忙到吃午飯的時間。她簡直不敢相信自己做了兩、三個小時的勞動，卻始終感到很輕鬆，心情愉快。

「下午我還要來。」她對那些樹木和玫瑰說，彷彿它們能聽懂似的。

瑪麗回到房間，她的臉頰紅撲撲，眼睛發亮，午飯吃得又多又快。

「你吃了兩塊肉和兩份大米布丁喔！」瑪莎開心的說：「要是我告訴媽

媽，跳繩對你起了這麼好的作用，她會很高興的。」

瑪麗在挖草的時候，挖出了一個白色的根，樣子很像洋蔥。她決定向瑪莎請教：「泥土裡一種像洋蔥頭的東西是什麼呀？」

「是球莖，許多春天的花都是從球莖裡面長出來的。我家的那個小花園裡就有，都是狄肯種的，他能讓任何地方長出東西來。」

瑪麗焦急的問：「球莖能活多久？如果沒人管，它們能活很多年嗎？」

「它們生命力很頑強，大多數會在地底下一輩子，不斷長出新的小苗。」

「我希望有一把小鏟子。」瑪麗說。

「你要鏟子幹什麼呢？」瑪莎笑呵呵的問：「你要挖土嗎？」

瑪麗看著爐火，沉思著怎麼回答。她雖然沒有搞破壞，可要是克雷文先生知道了，可能會很生氣，換把新鑰匙，再把花園永永遠遠的鎖起來。

「這裡又大又孤單，我沒什麼事情可做，也沒什麼人和我說話。如果能有一把小鏟子，我就可以像班一樣挖挖土，也許還可以建一個小花園。」

瑪莎的神情豁然開朗：「哎呀，我媽媽也這麼說呢！她說，那個地方有那麼多空地，為什麼不給她一小塊地，讓她自己打理呢？」

「她懂的事情真多。一把小鏟子要多少錢啊？」

瑪莎想了一下：「斯威特村裡有一個店鋪，我看見那裡擺著一套花匠用的工具，有鏟子、耙子和叉子，賣兩個先令。」

「沒問題，我每週有一先令的零用錢，我還不知道怎麼花。」

「我想起來了，那個店裡還有賣花種子，一便士一包。狄肯最懂這些了，你可以寫信讓他幫忙去買。」

那天下午瑪麗沒有再出門，她等著瑪莎忙完事情後就給狄肯寫信。好不容易，瑪莎來了。但是瑪莎只能口述，必須由瑪麗來寫。這對瑪麗來說並不輕鬆，她之前和家庭教師處得不好，拼字能力實在有限，但她還是按照瑪莎的話，給狄肯寫了一封信。

親愛的狄肯：

見信好！瑪麗小姐有不少錢，她想請你幫忙去斯威特村買些東西，一套種花的工具和一些花種子，她要做一個花圃。選一些最好看又最容易種的，她之前從來沒種過東西。代我向所有人問好。瑪麗小姐要給我講更多關於印度的故事，下次回家時我講給你們聽。

愛你們的姐姐

瑪莎

「狄肯買好後會送過來的，他喜歡到這兒來。」

「哦！」瑪麗驚喜的叫道：「那樣我就能見到他了！我從沒見過一個能讓

狐狸和烏鴉喜歡的男孩，我非常想見他！」

那天下午瑪莎一直陪著瑪麗到喝下午茶的時間，就在瑪莎下樓去拿茶託回來時，瑪麗突然問她：「那個洗碗的女僕又牙痛了嗎？」

「你為什麼這麼問？」

「剛才我開門出去，沿著走廊想看你回來沒，又聽見那哭聲了。今天沒有風，不可能是風聲。這已經是第三次了。」

「哎呀！梅德洛克太太搖鈴叫我了。」瑪莎說完，就跑出了房間。

「唉，有誰住過這麼奇怪的房子呀！」瑪麗懶洋洋的說。她把頭枕在扶手椅的靠墊上，不一會兒就睡著了。

第六章　狄肯

將近一個星期以來，祕密花園裡始終陽光普照。瑪麗喜歡待在花園裡的那種感覺，簡直就像是在與世隔絕的仙境裡。

事實上，她在米瑟斯韋特發生的變化一天比一天明顯了。她越來越喜歡戶外活動，她不再討厭風；她可以跑得更遠更久，跳繩可以跳到一百下。祕密花園裡的那些球莖一定大吃了一驚，它們的周圍被整理得這樣乾淨，它們可以自由呼吸，開始在黑暗的地底下歡呼雀躍，努力向外生長了。

瑪麗是一個古怪、執著的小女孩，現在有這麼一件有趣的、讓她下決心去做的事情，她便興致盎然的忙碌著，好像在進行一種令人著迷的遊戲。她發現了更多竄出土的綠色幼苗，想像著當它們開出花時的模樣。

在那些陽光燦爛的日子裡，瑪麗跟班更熟悉了。有好幾次，她突然竄到他身邊，像是從地底下蹦出來一樣，把他嚇一大跳。

「你就像知更鳥一樣，」一天早晨他抬起頭看見她正站在身邊時，就對她說：「我從來不知道什麼時候會看到你，你會從裡冒出來。」

「瞧，知更鳥來了。」瑪麗驚呼。

果然是知更鳥，牠變得更漂亮了，跳來蹦去，作出各種活潑俏皮的姿態，真是可愛極了。班忍不住嘲笑牠：「是你啊！你把自己越弄越漂亮了，我知道你想幹什麼，一定是在追求某個年輕的小姐吧！」

知更鳥更加活潑迷人、施展著魅力，牠越跳越近，歪著腦袋看著班，開始對他唱歌。然後張開翅膀，飛到班的鏟柄，停在頂端。

班像說悄悄話一樣柔聲的說：「你真會討人歡心！簡直不可思議。」直到知更鳥飛走了，他還望著鏟柄，彷彿那裡藏著什麼魔法。

班又挖起土來，還不時的咧嘴一笑，瑪麗不害怕和他說話了。

「如果你有一座花園的話，你會種什麼呢？」

「球莖植物和有香味的東西——主要是玫瑰。」

瑪麗臉龐一亮：「你喜歡玫瑰？」

班拔出一根野草，扔到一邊。「是的，我喜歡。從前有位小姐，她像喜歡孩子一樣喜歡玫瑰，我看見她彎腰親吻它們。」

他又拔出一根野草，對著它皺眉頭：「那是十年前的事了。」

「她現在在哪裡？」瑪麗饒有興趣的問。

「在天堂。」

「玫瑰怎麼樣了？」

班神情落寞的說：「我一年去一次，給它們剪剪枝、鬆鬆土。它們枯萎了，但是土壤很肥沃，所以有些還活著。」

「怎麼看出它們是不是活著呢？」

「順著枝條看去，如果看見到處都是褐色的疙瘩，等到下過一場溫煦的春雨後，就會看到變化了。」班

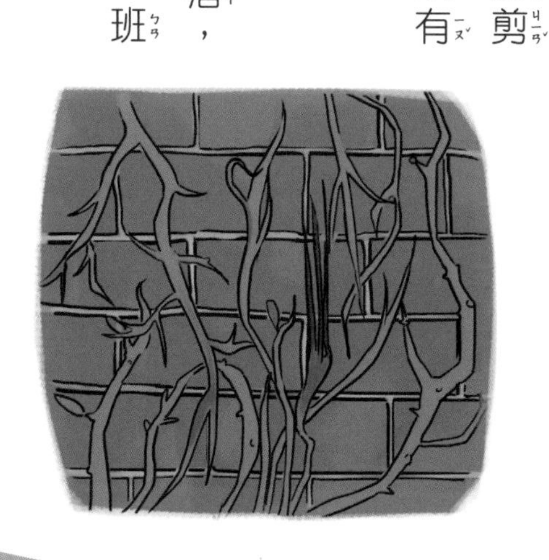

突然停了下來，奇怪的看著她如此焦急的臉，質問道：「你為什麼突然這麼關心起玫瑰來了？」

瑪麗吞吞吐吐的說：「我……我想種……你還去看那些玫瑰嗎？」

「今年沒去，我有風濕病，關節僵硬了。」突然間，班好像生氣了，尖刻的對她說：「聽著！別再問個沒完沒了。走開，到一邊玩去！」

瑪麗只好離開了。雖然班火氣很大，她還是喜歡他。她相信，關於花園的事，班什麼都懂，問他就對了。

祕密花園旁有一條種著月桂樹的小路，小路盡頭是一扇門，門的裡面是一片林子。瑪麗想到林子裡去看看會不會有兔子，便沿著小路慢慢的繞過去。

當她推開那扇門時，聽見一聲奇怪的、低低的哨音。瑪麗停下來四處查看，差點停止了呼吸！

一個男孩正坐在一棵樹下，背靠大樹，正吹著一根木笛，看上去大約十二歲，鼻子往上翹，臉蛋紅的像罌粟花。最特別的是，瑪麗從沒見過一個男孩能

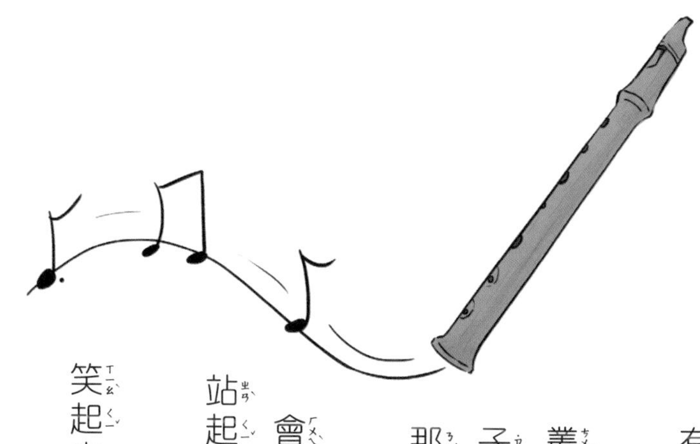

有這麼圓、這麼藍的眼睛。

他背靠的樹上棲息著一隻麻雀，注視著他；身旁的灌木叢後，珍珠雞伸長著脖子朝外窺視；不遠處還蹲著兩隻兔子，顫巍巍的鼻子一個勁的嗅著——牠們好像全在聆聽著他那木笛發出的低聲呼喚。

他一看見瑪麗就舉起手，用輕柔的聲音對她說：「別動，會嚇跑牠們。」瑪麗於是一動也不動。他停止了吹奏，慢慢站起身，動物們才紛紛離開。

「我是狄肯，我知道你是瑪麗小姐。」他的嘴巴彎彎的，一笑起來，笑意就蕩漾在整張臉上。

「當有野生動物在身旁，動作要輕柔，說話要溫和。」他對她說，就好像他們並不是素未謀面，而是已經很熟悉的朋友。

瑪麗也早猜到他是狄肯了，除了他，還有誰能這樣吸引動物呢？但是瑪麗從沒和男孩子打過交道，她很害羞，說話時感覺有點僵硬。

「你收到瑪莎的信了？」她問。

他點了點長著鐵銹色捲髮的頭：「我就是為這個來的。我把你要的工具都帶來了，有鏟子、耙子、叉子和鋤頭，還有種子。」

「你能讓我看看種子嗎？」瑪麗走近他，聞到他身上散發出一股青草和樹葉的芳香。瑪麗喜歡這種香味，當她注視著他那紅臉頰、藍眼睛時，竟然忘記了剛才的害羞。

「我們坐在這根圓木上看吧！」她說。

他們坐了下來。狄肯從口袋裡掏出一袋種子，仔細的講解著。突然，他停了下來，飛快的轉過頭，像罌粟般的紅臉龐一亮。

「正在叫喚我們的知更鳥在哪兒？」他語氣興奮的問道。

「牠是在叫喚我們嗎？」瑪麗問。

「是啊！牠正在叫喚牠的朋友。」

狄肯慢動作的走到灌木叢旁，發出像知更鳥一樣的聲音。知更鳥凝神片刻，發出回應的叫聲，好像在回答一個問題。

「沒錯，牠是你的朋友。牠喜歡你。」狄肯輕聲笑著說。

「你真這麼認為？」瑪麗急切想知道。

「如果牠不喜歡你，就不會靠近你。鳥兒可是非常挑剔的。瞧，牠在討好你呢！」似乎真如狄肯說的，知更鳥在灌木上跳來跳去，吱吱喳喳的叫喚著。

瑪麗問：「鳥兒的話你都聽得懂啊？」

狄肯咧嘴笑道：「我想是的。我在荒原上和牠們一起生活了這麼久，我看著牠們破殼、長大、學飛、唱歌，我想我根本是牠們的一員呢！」

狄肯哈哈大笑，回到圓木上，又開始和瑪麗談花種子，告訴她應該怎麼栽種它們，照顧它們，怎麼給它們施肥、澆水。

「這樣吧！我先幫你把種子種下去。你的花園在哪裡？」他突然說。

瑪麗緊緊握著雙手，一言不語，臉上紅一陣白一陣。

「如果我告訴你一個祕密，你能保守嗎？如果有人發現的話，我不知道該怎麼辦。我相信我會死的！」說最後一句時她憂心的咬著下唇。

狄肯摸摸腦袋，更疑惑了，不過他很認真的回答：「如果我不能保守祕密，狐狸窩、鳥巢和荒原上的動物們都不安全了。相信我，我能保守祕密的。」

瑪麗不由自主的伸手抓住他的衣袖：「我偷了一個花園，它不是我的，不是任何人的，沒人要它，也許裡面的東西都死了，我不知道。」

她說得很快，激動的渾身發熱，感到非常彆扭。

「我不管，我不管！誰也沒有權力把它奪走，除了我之外根本沒人關心它。他們把它關起來，讓它死去！」瑪麗情緒激動的講完了，雙手捂住臉放聲大哭。

狄肯驚訝的藍眼睛越瞪越圓。「花園在哪裡？」狄肯輕聲的問。

瑪麗一下子站了起來，「跟我來，我帶你去。」她說。

她領著狄肯繞過那條種著月桂樹的小路，來到藤蔓濃密的小徑上。狄肯跟著她，帶著好奇和同情的神色，覺得自己像是被帶去看一個陌生的鳥巢。

當瑪麗走到牆根前，掀起低垂的常春藤時，他吃了一驚。牆上有一扇門，慢慢推開後，他們一起走了進去。

瑪麗站在裡面，挑釁似的把手一揮，說道：「就是這兒，它是一個祕密花園！我是唯一希望它活過來的人。」

狄肯一遍遍的打量著花園，悄聲的說：「這真是一個奇怪、漂亮的地方！我好像在做夢一樣。」

第七章　畫眉鳥的巢

狄肯站在那裡環顧四周，足足有兩、三分鐘，好像要把花園裡的一切都看進眼裡。然後他開始緩緩走動，比瑪麗第一次進來時更輕手輕腳。

「我從沒想過會看見這地方。」他終於悄聲說。

「你知道有這地方？」瑪麗大聲問道。

狄肯做了個手勢，對她說：「我們要低聲說話。不然，別人可能會聽見。」

「哦，我忘了！」瑪麗嚇得連忙用手捂住嘴巴問：「你知道這個花園？」

狄肯點點頭，說：「瑪莎跟我說過，有一個花園從來沒人進去過。我們常好奇的想，不知道花園會是什麼樣子。」

他停下來，看看四周的灰色枝蔓，圓溜溜的眼睛裡透出欣喜：「春天的時候這花園裡會有鳥巢的，這裡應該是全英國最安全的築巢地點了。」

瑪麗又不自覺的把手放在他的胳膊上，心急的問：「這些玫瑰呢？你看得

出來嗎？它們全都死了嗎？」

「當然沒有，瞧這裡！」狄肯朝最近的一棵很古老的樹走去，那樹皮上全是灰色的苔蘚，頂著一片糾纏的樹枝和杈椏。他從口袋裡掏出一把多刃折刀，打開其中一片刀刃。

「有很多枯死的樹枝應該被砍掉。」他說：「這裡有很多老枝椏。但是去年長出了一些新的。你看！」他摸著一個褐綠色的尖芽。

瑪麗熱切、虔誠的摸著尖芽。「它還活著——活得很好？」

狄肯咧開大嘴笑了：「就像你我一樣有活力。」

「我很高興它有活力！」瑪麗低聲喊道：「我們再找找還有哪些是活的。」

狄肯和她一樣熱情高漲。他們走過一棵又一棵樹，狄肯一邊向她指點各式各樣的東西：「看起來荒蕪了，但是最強壯的仍長得旺盛，脆弱的死去了，不過其他的還一直在長，到處蔓延，真是一個奇觀。」

「瞧這裡！」他摘下一根模樣乾枯的灰色樹枝，繼續說道：「人們會以為這棵樹死了，但我不相信它一直到根部都死了。」

他跪下來，用刀割斷靠近地面的一根看上去毫無生氣的枝條，激動的說：

「瞧，這棵樹裡面還是綠色呢！你看。」

他還沒說完，瑪麗已經跪下，聚精會神的凝視著。

「像這樣有點綠、有點汁水，表示它是活的。如果是乾枯的，一折就斷，那就是死了。這兒有一條粗根，一切有生命的樹枝都從這裡竄出來，我們把老枝椏割掉，四周的土挖鬆，今年夏天就會有……」狄肯突然停下來，抬頭看向頭頂上方攀掛的藤蔓，驚訝的說：「好大一片玫瑰藤蔓呀！」

他們在一棵棵大樹、一叢叢灌木間忙碌著。狄肯又有力氣又聰明，知道怎樣用刀割掉枯枝，看得出哪些枝幹還潛藏著綠意盎然的生命。

半個小時後，瑪麗也漸漸學會了。那些買來的工具非常實用，狄肯教她使

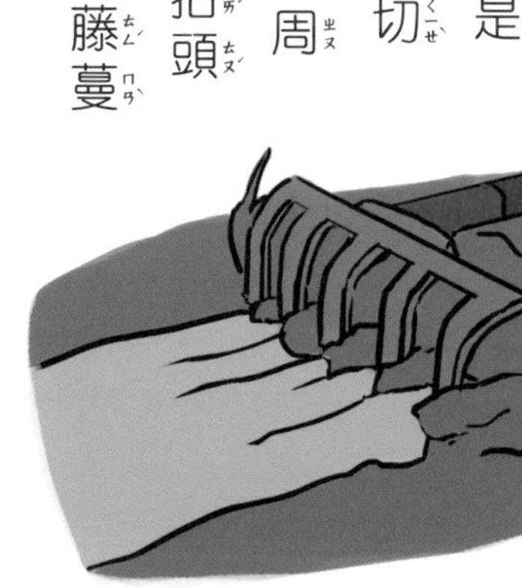

用耙子，他自己則拿鏟子挖樹根、鬆土，讓空氣流通進去。

突然狄肯驚喜的叫出聲：「哎呀！那塊地是誰整理的呀？」

「我。」那是瑪麗之前為那些綠色幼苗清理出來的空地。

「哦，我還以為你一點都不懂園藝呢！」他驚呼道。

「我是不懂呀！我只是因為周圍的雜草那麼濃密，嬌小的幼苗好像透不過氣來，所以就動手清理出了一個地方。我連它們是什麼都不知道呢！」

狄肯走過去，跪下來看了看：「它們是番紅花、雪花蓮，還有黃水仙。它們會變得非常漂亮。你做得對，一名花匠也不會比你做得好。」

他從一塊空地奔向另一塊空地：「你一個人做得真是夠多的。」

「我在長壯、長結實。我以前總覺得累，可是除草的時候一點都不覺得累，我喜歡聞泥土翻新的氣味。」

「你這樣覺得真好。」狄肯很有把握的點點頭：「沒有什麼能比乾淨的泥土味更好聞的了，除了雨落在新生植物上的味道。下雨天我常到荒原上去，躺在灌木下，聽著雨滴落在石楠花上柔和的聲音，拼命嗅著那好聞的氣味。媽媽說，我的鼻子抖得簡直像兔子一樣。」

「你都不會感冒嗎？」瑪麗問。她從未見過這麼有趣、出色的男孩。

「是啊！」他咧嘴一笑：「我像兔子一樣，什麼天氣都在荒原上東奔西跑。媽媽說我十二年來吸進太多的新鮮空氣，再也吸不進冷空氣，身體壯的很。」

狄肯邊說邊忙活著，瑪麗跟著他，不時幫點小忙。

「這兒有好多活要做，有的忙了！」他興奮的環顧著四周說。

「你能再來嗎？」瑪麗請求道：「我肯定也能幫得上忙，我可以挖土、鋤草，你叫我做什麼都行。來吧，狄肯！」

「如果你要我來，那我天天都會來，不管是下雨還是出太陽。」他堅定的說：「讓這座花園甦醒過來，將是我這輩子最大的快樂。」

狄肯開始四處走動，看著周圍的牆、樹木和灌木叢，若有有思的說：「我不願意把它修剪成花匠的花園，一切都被弄得整整齊齊、乾乾淨淨的，你說呢？讓一切都自由生長，是不是更好？」

「對，不要整整齊齊的！」瑪麗急切的說：「那樣就不像祕密花園了！」

狄肯摸著他鏽紅色的腦袋，表情困惑的說：「這當然是一個祕密花園，從十年前被鎖上之後，除了知更鳥之外，就沒人進來過！」

「對。」瑪麗覺得，不管她活多久，永遠都不會忘記這個美好的早晨。

「狄肯，你真好，我喜歡你，我從沒想過我能喜歡上五個人。」

「只有五個人啊？那其他四個是誰呢？」

「你媽媽和瑪莎。」瑪麗掰著手指頭說：「還有知更鳥和班。」

狄肯爆出大笑，只好趕緊摀著嘴把笑聲壓住。

接著，瑪麗傾身問了他一個問題：「你喜歡我嗎？」

「喜歡！」他由衷的回答：「喜歡極了。我相信知更鳥也跟我一樣。」

「那就有兩個人喜歡我了。」

當大鐘敲響，提醒他們午飯時間到了，瑪麗覺得很遺憾，她依依不捨的說：「我得走了。你也得走了，是嗎？」

狄肯微笑著說：「我回家前要把這裡再整理一下。我的午飯很簡單，媽媽老是讓我隨身帶點吃的。你快回去吃飯吧！」然後他撿起草地上的外套，從口袋裡掏出一個用手帕包著的包裹，裡面有兩塊厚麵包，中間夾著一塊燻肉。

瑪麗實在不想離開他，她慢慢的往外走去，但走了一小段又折回來，不太放心的問：「不管發生什麼，你……你絕對不會說出去嗎？」

狄肯剛咬下一大口麵包，鼓著腮幫子，他努力擠出一個微笑，說：「假如你是一隻知更鳥，我知道了你的鳥巢祕密，你說我會告訴別人嗎？」

瑪麗相信自己就像那知更鳥一樣的安全。

第八章　我可以要一小塊地嗎？

瑪麗跑得飛快，回到房間時已經氣喘吁吁。她的頭髮亂糟糟的貼在額頭上，臉頰紅的發亮。飯菜都擺好了，瑪莎在等她。

「你來晚了！」她說：「你去哪兒了？」

「我見到狄肯了！我見到狄肯了！」

瑪莎欣喜的說：「我知道你會喜歡他。那些種子和工具怎麼樣？」

瑪莎問她準備把花種在哪裡，瑪麗感到緊張了起來。

「我建議你問問班，雖然他看上去有點凶，但人不壞。克雷文先生信任他，因為夫人以前可喜歡他了。或許他能給你找個好地方。」瑪莎說。

「如果我找塊偏僻的、沒人要的地方，別人是不會在意的，對吧？」

「是啊，你又不會做什麼壞事。」

瑪麗用最快的速度吃完飯，正準備戴上帽子離開的時候，瑪莎叫住她。

「我有事要告訴你，克雷文先生今天上午回來了，他想見見你。」

瑪麗刷的一下臉色發白：「為什麼？皮切爾先生說過他不想見我的呀！」

瑪莎解釋道：「梅德洛克太太說是因為我媽媽。她見到克雷文先生，不知對他說了什麼，後來克雷文先生便決定在明天離家前見見你。」

瑪麗叫道：「明天就離開了？我太高興了！」

「會離開很久，也許秋天才回來。他到處旅行，總是這樣子。」

那麼她就有足夠的時間看著祕密花園甦醒過來了，瑪麗心想。

「你看他什麼時候想見……」

話還沒說完，梅德洛克太太突然開門進來，她看上去既緊張又激動。

「你的頭髮亂了，去梳一下。」她急切的說：「瑪莎，給她穿上最好的衣服，克雷文先生讓我來帶她去書房，他要見她。」

瑪麗臉上的紅暈霎時消失，又變回了一個僵硬、沉默的孩子。她一聲不響的任由瑪莎打理，梳理整齊之後跟著梅德洛克太太走進走廊。

她被帶到了一個她沒來過的房間門口。梅德洛克太太敲了門，有人說了聲「進來」。她們推開門走進了房間。一個男人坐在壁爐前的大椅子上。

梅德洛克太太向他說道：「先生，這就是瑪麗小姐。」

「讓她留下，你可以走了。」

梅德洛克太太出去後，瑪麗只能原地站著等待。她看得出那個男人並不是駝背，儘管高聳的肩膀相當彎曲，黑色的頭髮裡夾雜著白髮，他並不醜，如果表情不是那麼悲傷的話，他的臉應該是英俊的。

「到這裡來。」他說：「你好嗎？」

「好。」

他煩惱的揉揉額頭，上下打量著她：「你很瘦。」

「我開始胖起來了。」瑪麗僵硬的回答。

「我把你給忘了。我本打算給你請一個家庭教師或保姆，但我忘記了。」

「請別，別……」瑪麗急得嗓子像被什麼堵住了。

「你想說什麼？」

「我大了，不用保姆，也別……別給我請家庭教師。」

他又揉了揉額頭，心不在焉的說：「那個叫索爾比的女人也是這麼說。」

瑪麗鼓起勇氣說：「她是瑪莎的媽媽，她有十二個孩子，她瞭解孩子。」

「你想做些什麼呢？」

「我想到外頭玩，一玩就肚子餓，人也開始胖了。當荒原上的風吹來，我就感覺到自己變強壯了。」

「你在哪裡玩？」

「每個地方。」瑪麗緊張的回答：「瑪莎的媽媽送給我一條跳繩，我就到處又跳又跑，到處看看有沒有東西從土裡冒出來，我沒做壞事！」

「別那麼害怕。」他聲音焦慮的說：「你喜歡做什麼就做什麼。」

瑪麗激動的心都快跳到喉嚨口了，她聲音發顫的問：「我可以嗎？」

她那焦急的臉色似乎讓他更擔心了：「你當然可以。我是你的監護人，儘管對於任何孩子來說，我都不是一個好監護人。我一點都不懂孩子，但我希望你過得開心和舒適。索爾比太太告訴我，你需要新鮮空氣和四處跑動。」

「孩子的事她最瞭解了。」瑪麗又情不自禁的說。

「應該是這樣吧。她說，克雷文太太生前一直對她很好。」說出這個名字他好像很難受。「現在見了你，我覺得她的話很有道理。這裡地方很大，你想怎麼玩就怎麼玩。你還想要什麼嗎？你需要玩具、書或布娃娃嗎？」

「我可以……」瑪麗戰戰兢兢的說：「我可以要一小塊地嗎？」

「地！這是什麼意思？」

「用來種一些種子，看著它們長出東西，看著它們活過來。」

他盯著她看了一會兒，慢慢的說：「你真那麼喜歡花園嗎？」

「在印度時，我不瞭解花園。那裡天氣熱，我總是生病。但是，在這裡就不一樣了。」

克雷文先生站起來，在房間裡慢慢踱步，自言自語道：「一塊地。」

瑪麗覺得他一定是想到了什麼事情。當他停下來和她說話時，黑眼睛看上去幾乎是溫柔慈祥的。

「你要多少地都可以。你讓我想起了一個人，她和你一樣喜歡這些。如果你看見想要的地，」他似乎微笑著說：「你就要去吧，讓它活過來。」

「隨便哪塊地嗎？只要沒用的，我都能要嗎？」

「都可以。行了，我累了，你可以走了。」他搖鈴叫梅德洛克太太進來，又接著說：「再見了，我整個夏天都不在家。」

梅德洛克太太很快就進來了，瑪麗認為她肯定一直等在走廊上。

克雷文先生對她說：「索爾比太太的意思我明白了。這孩子必須先強壯起來，再開始上課。不要太看管著她，給她健康簡單的食物，她需要自由、空氣，到處跑動。索爾比太太會不時來看看她，她也可以去他們那兒。」

「是，先生。索爾比太太是個非常好的女人。她是孩子的健康專家。」

「我明白，現在把瑪麗小姐帶走吧！叫皮切爾來我這裡。」

瑪麗回到房間，看見瑪莎在等她。

「我可以擁有我的花園了！」瑪麗叫道：「我喜歡哪裡就能要哪裡。克雷文先生真是一個好人，只是他的神情好悲傷喔！」

瑪麗用最快的速度奔回祕密花園，狄肯已經走了。只有知更鳥棲息在一叢嫁接在樹幹上的玫瑰灌木上看著她。

一個繫在玫瑰叢上的白色東西吸引了她的目光，是她寫給狄肯的信。上面多了一幅畫，是一隻鳥蹲在鳥巢裡，還有一句簡短的話：「**我會回來的。**」

第九章　我是柯林

瑪麗回到屋裡，滿心期待狄肯第二天還能來花園。但是約克郡的天氣變化無常，特別是在春天。夜裡，她被風雨聲驚醒，從床上坐了起來。

「這個討厭的雨，它知道我不想要它來，偏要來！」

她躺回去，把臉埋在枕頭裡。風雨聲令她心煩意亂，她躺在床上翻來覆去，折騰了一個小時始終無法入睡。突然，她把頭轉向房門，認真傾聽。她的房門虛掩著，聲音從走廊那頭傳來，是一種很微弱的傷心的哭聲。

「不是風聲，是我上次聽到的哭聲。」瑪麗越聽越肯定。

這件事似乎比祕密花園和埋藏的鑰匙更神秘，她覺得自己必須去找出原因。她拿起床邊的一支蠟燭，輕輕的走出房間，走廊又黑又長。她猶記得上次遇見梅德洛克太太的地方，時斷時續的哭聲也似乎在指引她。

終於，她找到了那扇掛著掛毯的門！

她輕輕的推門而入，站在走廊裡，清楚聽見哭聲來自左邊的牆。再往前走幾步，又有一扇門。一絲燈光從門底下透出來，房裡有人在哭，是個孩子。她把門推開，然後置身於一個大房間內。

這是個寬敞的房間，擺設著古色古香的家具，壁爐裡的火焰發出微弱的光，一張雕花的四柱床上躺著一個男孩，傷心的哭泣著。

瑪麗一時分不清眼前的一切，是事實，還是夢境。

那男孩有一張瘦削、柔和的臉，眼睛大的好像整張臉都容不下了。他那一頭濃密的頭髮亂糟糟的堆在額頭上，使他的臉顯得更小。男孩看上去體弱多病，樣子疲憊不堪，但好像是因為疲倦和生氣才哭泣的。

男孩在枕頭上轉過頭來，瞪大灰色眼睛害怕的看著她。

「你是誰？」他低聲問道：「你是鬼嗎？」

「不，不是。」瑪麗的聲音聽起來也充滿害怕：「你是嗎？」

「不。」他看了一會兒後回答。「我是柯林．克雷文。你是誰？」

「我是瑪麗·倫諾克斯。克雷文先生是我的姑丈。」

「他是我爸爸。」

「你爸爸！」瑪麗大吃一驚：「從來沒有人說起過你！為什麼？」

「他們不敢說。因為我一直這樣病懨懨的，只能躺著。如果我能活下去，可能是一個駝子，不過我活不長。爸爸一想到我會變得像他就覺得討厭。」

「這個家多奇怪啊！到處都是祕密，房間被鎖著，花園被鎖著……還有你！你也被鎖著嗎？」

「不。因為我不喜歡到外面去，才待在這裡的。出去太累了。」

「你爸爸常來看你嗎？」瑪麗大著膽子問。

「有時候來，一般都是在我睡著之後。我媽媽生下我後就死了，所以他看見我就傷心。我聽人們議論過，他幾乎是恨我的。」

瑪麗自言自語道：「他恨那花園，因為她死了。」

「什麼花園？」

「就是，她生前喜歡的一個花園……你一直住在這裡嗎？」

「差不多吧！有時候，我會被帶到海邊去，但是別人老是盯著我看。我曾經穿著一件鐵傢伙，好讓腰挺直，但是有一個醫生從倫敦來，他要我把那東西拿掉，要我經常呼吸新鮮空氣。但我不想出去。我討厭新鮮空氣。」

「我剛來的時候也不想出去。」瑪麗說：「你為什麼一直這樣看著我呀？」

「我不希望這是一個夢。」男孩不安的說。

「我們都醒著呢！對了，你不喜歡別人看見你。那要不要我走開呢？」

他抓住她衣服的一角，輕輕拽了一下，說：「不，要是你走了，我肯定會認為你是個夢。如果你是真實的，就坐下來和我說話吧！」

瑪麗一點也不想走開，她放下蠟燭，坐在凳子上。他們開始聊天，她給他講了很多關於印度的事，以及她的越洋旅行。他告訴她，雖然醒著的時候爸爸不常來看他，但是給他買了很多有趣的玩具。不過，他從來不覺得好玩。他可以要什麼有什麼，不喜歡幹什麼就不用幹什麼。

「每個人都要做讓我高興的事，」他滿不在意的說：「因為我一生氣就會生病。誰也不相信我能長大。」

那種口氣好像是他對這樣的想法早已習以為常。他似乎很喜歡瑪麗的聲音，她說話時，他昏昏沉沉卻饒有興趣的傾聽著。有一兩次，她懷疑他是不是已經睡著了，但是他終於又問了一個問題：「你多大了？」

「十歲，你也一樣。」瑪麗回答，一時間忘了形。

「你怎麼知道？」他驚訝的問。

「因為花園是在你出生之後被鎖起來的，鑰匙也被埋了有十年了。」

「哪個花園？誰鎖起來的？鑰匙埋在哪兒？」他興趣盎然、大聲的問。

「是……是克雷文先生討厭的花園。」瑪麗又緊張又後悔的說：「他鎖上了門。沒人知道鑰匙埋在哪兒了。」

「那是個什麼樣的花園？」柯林追問道。

「十年來沒有人進去過。」瑪麗小心翼翼的回答。

但是她的小心來得遲了些，他太像她了，沒別的事情可想，所以一個祕密花園就像吸引她一樣的吸引著他。他一連問了好幾個問題：它在哪兒？她一直沒找到那扇門嗎？她從來沒問過花匠嗎？

「他們不願意說。我猜是這裡的規矩。」

「我會讓他們說的。」

「是嗎？」瑪麗遲疑的說，開始感到害怕。

「每個人都得討好我。如果我能活下去，這兒早晚都是我的，我說什麼他們都得聽。我會讓他們告訴我的。」

瑪麗非常清楚的看出這個神祕的男孩是被寵壞了，他以為整個世界都屬於他的。他多奇怪啊！說活不了的時候多冷靜啊！

「你覺得自己活不了嗎？」瑪麗問，出於好奇，也希望能夠轉移話題。

「我估計我是活不了。」他又用滿不在乎的口氣說：「我從小就聽別人說我活不了多久。以前他們以為我太小，聽不懂；現在他們以為我沒聽見，但是我都聽見了。我的醫生是我爸爸的堂哥，他很窮，如果我死了，那麼等我爸爸也死了之後，米瑟斯韋特莊園就是他的。我想他不會希望我活下去的。」

「你想活下去嗎？」

「不想，」他一臉生氣、疲倦的樣子，「但我也不想死。當我感到身體不舒服的時候，我就想起這件事情，想來想去，最後就哭得停不下來。」

「我有三次聽見你哭，但我不知道是誰。你是因為這件事哭嗎？」她多希望他忘記那個花園啊！

「我想是吧！我們還是來聊聊那個花園，我想看看。」他不依不饒的說：

「以前我從沒有這樣的念頭，但現在我想進那個花園，我要讓他們用輪椅把我推進去，這樣就能呼吸到新鮮空氣了。我要讓你也一起去。」

他變得相當激動，那雙眼睛像星星一般明亮，看上去比原來更大了。

「哦，別……別那樣做！」瑪麗叫道。

「為什麼？難道你不想看嗎？」

「我想啊！」她回答，幾乎帶著一聲啜泣：「但是如果你那樣進去的話，那它就再也不是一個祕密了。」

「祕密，這是什麼意思？告訴我。」

「你看，」她急促的說：「如果除了我們之外，別人誰都不知道；如果我們能找到那扇門；如果我們一起溜進去，把門關上，誰也不知道裡面有人，那就會是我們的祕密花園。我們可以每天都進去，挖土種花，讓花園活過來。」

「花園死了嗎？」

「如果再沒人照料的話，它很快就要死了。」

他靠在枕頭上，臉上表情奇怪的說：「我從來沒有過祕密。」

「如果你不讓他們帶你去花園，」瑪麗央求著：「我可以肯定，總有一天我能找到進去的辦法。我們可以找一個男孩來給你推輪椅，我們自己到那裡去，那裡就將永遠是個祕密花園。」

「我會……喜歡……那樣的，」他慢慢的說，眼睛裡流露出夢幻般的感覺：「我應該會喜歡祕密花園中的新鮮空氣。」

瑪麗開始回復正常的呼吸，感覺安全多了。「如果我能進去的話，我會告訴你它是什麼樣子。那裡被關閉得太久，裡面的東西都荒蕪了。」

他靜靜的躺著聽她「想像」中的祕密花園、玫瑰、球莖、知更鳥等等。知更鳥尤其令他開心，他止不住的笑著。

「你懂得真多啊！感覺像你進去過祕密花園一樣。」

瑪麗不知道說什麼，於是什麼也沒說。顯然柯林也不期望聽到回答，接下來，他的話讓瑪麗吃了一驚。

「我想讓你看一樣東西。」他說。他讓瑪麗拉開掛著壁爐牆上的絲綢簾子，簾子拉開後，露出一幅肖像畫。那是一個滿臉笑容的女子，她明亮的頭髮紮著藍色的絲帶，她快樂的眼睛和柯林那雙落寞的眼睛簡直一模一樣，灰瑪瑙色的眼珠，四周圍著黑色的睫毛，看上去比實際大一倍。

「她是我媽媽，」柯林抱怨的說：「有時候我會恨她。要是她還活著，我相信我不會是這模樣，我爸爸也不會討厭看到我。好了，把簾子拉上。」

瑪麗照辦後又坐回凳子上。「你們的眼睛真像。為什麼要把簾子拉上？」

「我不喜歡她老那麼笑著。再說，她是我的，我不想讓別人看到她。」

「如果梅德洛克太太發現我來過這裡，那怎麼辦呢？」

「我會告訴她我要你每天來陪我說話。我很高興你來。」

「我也是，我會儘量常來。但是，我得每天去找祕密花園的門。」

「對，你必須去。我也想把你當成一個祕密，被人發現之前我不會告訴他們的。」他朝走廊點點頭，說：「當我要你來的時候，會讓瑪莎告訴你的。」

「我現在該走了吧？你的眼睛看起來就要睡著了。」

「我希望在你走之前睡著。」他有些害羞的說。

「那就把眼睛閉上。」瑪麗把腳凳往床邊拉近，溫柔的說：「我會學我的印度保姆那樣，拍著你的手，輕輕唱歌。」

「我會喜歡這樣的。」他帶著睡意說。

瑪麗輕拍著他的手，哼著印度的歌。直到他睡熟了，她才拿起蠟燭，悄然無聲的離開。

第十章　小邦主

早晨來臨時，荒原籠罩在迷霧中，大雨一刻不停歇的下著，今天是無法出門了。下午，瑪麗請瑪莎陪她在房間裡聊天。

「我夜裡聽到哭聲，就下床去找。原來是柯林，我找到了。」瑪麗說。

瑪莎嚇得滿臉漲紅，語帶哽咽的說：「瑪麗小姐！你不該那樣做的！我會丟掉這份工作，媽媽該怎麼辦呢？」

「你不會丟掉工作。我們聊了好久，他見到我去可高興呢！」

「是嗎？」瑪莎叫道：「你肯定嗎？你不知道，他發脾氣的時候是什麼樣子。他發火時會尖叫，他知道我們拿他沒轍。」

「他沒有發火。他讓我留下來陪他說話，我和他講了印度、知更鳥和花園的事。他讓我看他媽媽的畫像。我離開前唱歌把他哄睡了。」

瑪莎驚呆了，反駁道：「我實在不敢相信！那就像走進一個獅子籠裡，依

他平常性子，肯定大發脾氣，把整個房子掀了。他不願意陌生人看到他。」

「他讓我看他，他也看著我。」

「我不知道該怎麼辦！」瑪莎不安的叫道：「如果梅德洛克太太知道，她會認為我破壞了規矩，把柯林的事告訴你，然後我準要丟工作的。」

「你若是照他的話辦事，不會丟工作的。每個人都要服從他的命令。」

「那你一定是用什麼迷惑了他！」

「你是說魔法嗎？我在印度聽過，但我不會。他看到我的時候，還以為我是鬼或是個夢，我也以為他是。我問他要不要我離開，他說要我留下。」

「世界末日要到了！」瑪莎喘著氣說。

「他是怎麼了？」

「誰也說不清楚。他出生的時候，克雷文夫人就死了，克雷文先生幾乎快瘋了。他不願看孩子，說孩子將來一定和他一樣是駝背，還不如死掉好。」

「柯林是駝背嗎？看起來不像。」

「現在還不是，但他覺得什麼都不對勁。我媽媽說，這房子裡的麻煩和怒氣，足以讓任何一個孩子出毛病。他們擔心他的背虛弱，總是讓他躺著，不讓他走路。有一次他們讓他戴上一個支架，讓他非常惱火，於是大病了一場。一個醫生來看他，讓他們把支架拿掉。他說，這孩子服的藥太多，大家對他的寵溺也太多了。」

「你認為他會死嗎？」

「媽媽說如果不呼吸新鮮空氣，整天躺著，任何孩子都活不下去。」

瑪麗看著爐火，喃喃的說：「要是帶他去一個花園，看著各種東西生長，對他會不會有好處？起碼對我是有好處的。」

「他最嚴重的一次發病，是他們把他帶到噴泉旁的玫瑰叢那裡。他在報上讀到一種叫『玫瑰熱』的病，就開始說他染上了這種病。他哭得發起了高燒，整整病了一夜。」

「他要是對我發脾氣，我就再也不去看他！」

「他想見你的話總能見到你，你一開始就應該知道的。」

鈴響了。瑪莎說：「肯定是保姆讓我去柯林那兒，但願他不會發脾氣。」

她去了大約十分鐘，然後表情困惑的回來了。

「沒錯，你一定是給他施了魔法。他坐在沙發上看書，又支開了保姆，讓我來叫你過去。」

瑪麗也想見柯林，雖然不似想見狄肯那樣迫切，但她還是很想見他。

她走進柯林的房間，壁爐裡的火燒得正旺。柯林裹著一件天鵝絨晨袍，坐在沙發上，背靠一個大靠墊，雙臉頰上各有一塊紅暈。

「進來！」他說：「我一上午都在想你。」

「我也一直在想你。你不知道瑪莎多麼害怕，她說梅德洛克太太會以為是她把你的事告訴了我，然後她就會被趕走了。」

他皺起了眉頭，說：「去叫她過來吧！」

瑪麗去把她帶了過來，可憐的瑪莎在瑟瑟發抖。

柯林仍皺著眉頭，說：「是我命令你把瑪麗帶來見我的，就算梅德洛克太太發現了，怎麼能解雇你呢？」

「請別讓她知道，少爺。」

「要是她敢說什麼，我就讓她走。她肯定不想那樣的。」柯林傲慢的說。

「謝謝你，少爺。」瑪莎行了個屈膝禮：「我會盡職的，少爺。」

「我就是要你盡職！」柯林更傲慢的說：「現在你可以走了。」

瑪莎走後，柯林看見瑪麗正凝視著他。

「你為什麼這樣看著我？」他問她：「你在想什麼？」

「我在想兩件事情。」

「是什麼？快坐下來告訴我。」

「第一件，我在印度時，見過一個男孩，他是邦主，渾身上下戴滿寶石。他跟手下說話的口氣，就跟剛才你對瑪莎那樣。」

「待會兒你再跟我說說邦主，現在先說第二件事吧！」

「我在想，你和狄肯是多麼不同啊！」

「狄肯是誰？好奇怪的名字。」

「他是瑪莎的弟弟，十二歲了。他跟一般人很不一樣。他可以馴服狐狸和麻雀，像印度人馴蛇一樣，輕輕吹奏笛子，牠們就會跑過來聆聽。」

他從桌子上取下一本書，問道：「他能這麼做嗎？」

「他吹奏笛子吸引動物聆聽，但是他說這不是魔法。他說是因為他經常待在荒原上，和動物們都成了朋友。他還能和知更鳥交流呢！」

柯林的眼睛瞪得更大，臉頰紅暈燃燒起來：「再跟我說說他。」

「他知道狐狸和水獺住在哪裡。他對荒原上的一切知道得清清楚楚。」

「他喜歡荒原嗎？那是個光禿禿、可怕的地方。」

「那裡生活著成千上萬的植物和動物，是個美麗的地方。」

「你怎麼知道？」

「我只有在夜晚坐馬車經過，當時也覺得很可怕。不過先是瑪莎、然後是狄肯說過，那幅景象會讓你渴望看見荒原上的美麗春天。」

「我不能到荒原上去。」柯林用幽怨的口氣說。

瑪麗沉默了一會兒，然後說了句大膽的話：「你可以。」

「我怎麼可能去？我會死的。」他受驚似的震了一下。

「你怎麼知道？」瑪麗一點也不客氣的說。她不喜歡他說到死亡時的態度，她並不同情他，甚至覺得他在炫耀。

「從我懂事就老聽人說，以為我不知道嗎？他們都希望我死。」

瑪麗的倔脾氣上來了，她抿緊嘴唇：「要是人家希望我死，我就偏不死。誰希望你死啊？」

「傭人們……還有克雷文醫生，我死了他就能繼承整個莊園，變成有錢人。他不敢說，但是見我病得厲害，他就高興。我想我爸爸也希望我死。」

「我不信。」瑪麗固執的說。

「是嗎？」他靠在靠墊上，想著心事。

「我喜歡倫敦來的醫生，他讓人拿走了支架。他有說你會死嗎？」

「沒有。我聽他很大聲的說：『這孩子要是決心活下去，就能活下去。一定要讓他振作起來。』聽起來好像在跟誰發脾氣。」

「我相信狄肯可以讓你振作起來。他總是談論活的東西，他老是抬頭看天上的鳥飛，低頭看地上的東西生長。他有一雙圓滾滾的藍眼睛，他喜歡咧嘴大笑，他的臉頰紅的就像草莓。」

她把凳子拉近沙發，一想到狄肯，她的表情完全變了。

「行了！」她說：「我們別再說死亡了。我們還是來說別的吧！談談狄肯，然後我們來看你的圖畫書。」

這是她能想到的最好話題。談論狄肯就意味著談論荒原、小屋、住在屋子裡的十二個孩子，還有狄肯的媽媽，以及跳繩。瑪麗從沒說過這麼多的話，柯林也從沒像這樣又聽又說。他們開始哈哈大笑，就像兩個普通、健康的十歲孩子——而不是一個尖刻的、不討人喜歡的女孩，和一個病懨懨、總以為自己快要死掉的男孩。

他們笑得渾然忘我，忘了圖畫書，忘了時間。柯林突然想起什麼，坐了起來，似乎完全忘了自己的背脊很虛弱。

「你發現沒，有件事我們一直沒想到。」他說：「我們是表姐弟喔！」

這下，他們笑得更厲害了，因為現在心情實在好極了，對什麼事情都覺得好笑。就在他們笑得正歡樂時，門打開了。

克雷文醫生和梅德洛克太太走了進來。克雷文醫生大吃一驚，不小心撞了梅德洛克太太，害她差點摔倒。

「天哪！」梅德洛克太太驚呼，眼珠子都快掉出來了。

「怎麼了？這是怎麼回事？」醫生走上前問道。

「她是我表姐，瑪麗·倫諾克斯。我喜歡她和我說話。只要我派人去叫她，她就要來陪我說話。」柯林說。一點也沒把他們放在眼裡。

「你剛才太過激動了。激動對你沒好處，孩子。」他說。

克雷文醫生顯然不高興，但也不敢有異議。他坐下來給柯林把脈。

「如果她不來，我才要激動呢！」柯林的眼睛裡透出咄咄逼人的光芒：「我好多了，這全是因為她。讓保姆把點心送來，我和她一起吃。」

梅德洛克太太和克雷文醫生面面相覷，但也無計可施。

「他看上去的確好多了，先生。」梅德洛克太太大膽的說：「但是，今天早上她進房間之前就好多了。」

「她昨天晚上就來了，我們一起聊了很久。她唱歌哄我睡著，我醒來後就感覺好多了。我們現在要吃些點心，去告訴保姆，梅德洛克太太。」

克雷文醫生離開時顯得很不高興，他困惑的瞥了一眼瑪麗，看不出她有什麼吸引力，他一進房間她又變成了一個僵硬、沉默的孩子。不過，那男孩的確開朗多了。醫生走進走廊，沉重的歎著氣。

保姆把點心端進來後，柯林對瑪麗說：「我不想吃東西的時候，他們總是要我吃。現在，我自己想吃了，這些鬆餅看上去香噴噴的，還是熱的呢！你跟我講講關於印度邦主的故事吧！」

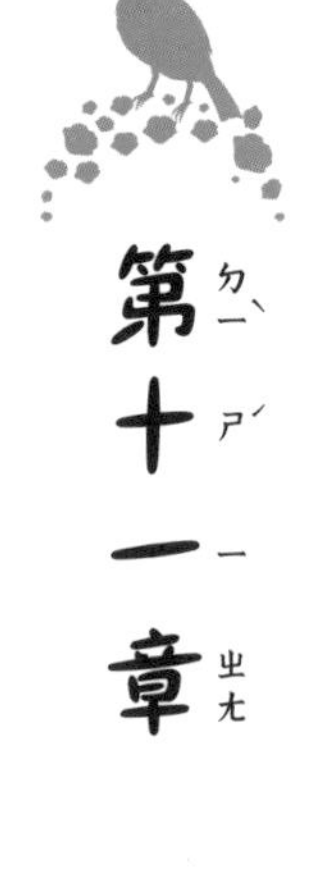

第十一章 築巢

又下了一個禮拜的雨之後，那高高在上的藍色天空終於又出現了，灑下暖烘烘的陽光。雖然沒機會看到祕密花園和狄肯，但瑪麗還是很開心，這一週好像很快就過去了。

她每天和柯林一起待上幾個小時。他們談論印度邦主、花園或狄肯，一起看漂亮的圖畫書。柯林興致勃勃的時候，根本不像一個病人，只是臉色比較蒼白，而且總是待在沙發上。

「你這個狡猾的小傢伙，那晚聽到哭聲居然去查了個明白。」梅德洛克太太有一次對瑪麗說：「但這對我們大家來說，倒是一件好事。自從你們交了朋友，他就再也沒發過脾氣。」

瑪麗和柯林聊天時，總是避開祕密花園的話題。有些事情她必須瞭解清楚，又覺得不能直接問他。首先，她開始喜歡和柯林待在一起，她想知道他是

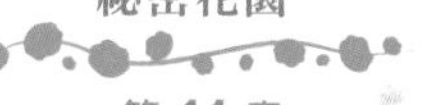

不是能夠保守祕密的人。再者，如果他值得信任，能不能神不知鬼不覺的把他帶去花園呢？也許，當他呼吸了花園中的新鮮空氣，認識了狄肯和知更鳥，看見了東西的生長，就不會老想著死亡了。

最近瑪麗照鏡子時，已經意識到自己和剛從印度來時不一樣，鏡子裡的女孩看上去可愛多了。甚至連瑪莎也看出了她的變化。

如果花園和新鮮空氣對她有利的話，那麼對柯林或許也是有利的。可是如果他討厭別人看見他，那他說不定也不想見狄肯。

有一天她問道：「如果……如果一個男孩瞧著你，你會生氣嗎？」

他沉思了一會兒，字斟句酌的說：「有這麼一個男孩，我是不介意的，就是狄肯。他是個能令動物著迷的人，而我就是個小動物。」

他們哈哈大笑了起來，覺得這個比喻實在是生動而有趣。瑪麗知道，她可以不用再為柯林的事煩惱了。

另一場大雨過後，天空再次變藍的第一個早晨，瑪麗醒得很早。她開心的打開窗戶，一股清新芬芳的空氣撲面而來。天空一片湛藍，整個世界好像被施了魔法，到處都是輕柔動聽的鳥鳴聲。

「我等不及了！我要去我的花園！」

她迅速穿戴好衣帽，溜下樓去，打開門，來到草地上，心裡高興的想放聲高歌。她繞過一個個灌木叢，沿著小徑朝祕密花園跑去。

「一切都和原來大不相同了。草比原來綠了，到處都有東西往外竄。我相信今天下午狄肯會來的。」

來到藏著門的那片常春藤跟前，瑪麗被一記響亮、奇怪的叫聲嚇了一跳。那是烏鴉的叫聲，瑪麗推門而入，發現牠飛到了一棵蘋果樹上，那樹下躺著一隻尾巴蓬蓬的紅色小動物，牠們望著一個人，他正跪在地上除草。

瑪麗叫道：「哦，狄肯，狄肯！你怎麼來得那麼早？太陽才剛剛升起呢！」

他站起來，哈哈大笑，容光煥發，一頭亂髮，眼睛就像晴空。

「我起得比太陽早多了。今天早晨世界又開始甦醒，我哪裡躺得住啊！當太陽升起，荒原快活起來，我也樂瘋了，又叫又唱，直接就衝來了這裡，這花園正等著我呢！」

瑪麗的手擱在胸前，興奮的直喘著氣說：「狄肯！我真是高興！高興的要透不過氣來了！」

紅色的小動物看見狄肯和她講話，在樹底下站起身，跑到狄肯跟前；烏鴉也從樹枝上飛下來，停在他的肩上。

「這隻狐狸叫『隊長』，這隻烏鴉叫『煤煙』。牠們是跟我一起來的。」兩個小傢伙似乎不怕瑪麗。當狄肯帶著瑪麗四處查看時，煤煙仍停在他肩上，而隊長也在他腳邊緊跟著。

「瞧這裡！」狄肯說：「這些都開始抽芽了，還有這些、這些、這些……，你來瞧瞧這個！」他撲通一聲跪下去，瑪麗也在他身旁跪了下來。

他們面前是一大簇的番紅花，開出了紫色、橙色和金色的花朵。瑪麗俯身湊近花朵，一遍又一遍的親吻它們。

「我從來不會這樣親吻一個人，」她抬起頭說：「花和人就是不一樣。」

「我經常那樣親吻媽媽。當我在荒原上玩耍了一天回家，看見媽媽站在屋門口，陽光下的她看起來愉悅又自在。」

他們在花園裡奔來奔去，狄肯指給瑪麗看玫瑰樹枝上綻出的花蕾，以及鑽出地面的嫩綠的幼苗。他們一邊挖土、拔草，一邊低聲嬉笑。那天早晨的祕密花園，一切都充滿喜悅。

突然，一抹紅色飛掠過牆頭，知更鳥停在一個花草茂密的角落。狄肯一動也不動的站著，把手搭在瑪麗身上。

「我們不要動，盡量屏住呼吸。那是班的知更鳥，上次見到牠時我就知道牠在求偶，要是我們不嚇著牠，牠就會在這裡築巢。」

他們輕輕的坐在草地上，一動也不動。

「我們千萬不能盯著牠看，要築巢的鳥會更加害

羞和謹慎。我們得保持絕對安靜，要假裝成像草、灌木叢。等牠看慣了我們，我們可以學牠叫上兩聲，牠就知道我們不會妨礙牠了。」

瑪麗一點都不知道怎樣把自己假裝成像草、灌木叢。她輕聲的說：「那不然我們來說點別的吧！你認識柯林嗎？」

「你也知道他？」

「我見過他了。這禮拜我每天和他聊天。他希望我去，他說我讓他忘了他是個病得快要死的人。」

狄肯鬆了一口氣：「我太高興了，這樣我就輕鬆了。我知道我不應該說任何有關他的事，但我又不喜歡隱瞞事情。」

「你不喜歡隱瞞花園嗎？」

「我絕對不會說出去，但是我對媽媽說：『媽媽，我需要保守一個祕密。這不是一個壞的祕密，你會在意嗎？』」

瑪麗很喜歡聽他媽媽的事情，一點都不擔心的問：「她怎麼說？」

狄肯甜甜的咧嘴一笑：「她摸摸我的頭，笑著說：『孩子，你願意保守什麼樣的祕密都可以。我認識你有十二年了。』」

「你怎麼認識柯林呢？」

「大家都知道克雷文先生有個可能會變成駝背的兒子，不喜歡別人提起。你是怎麼發現他的？瑪莎上次回家時可緊張了，她說你聽見了哭聲。」

瑪麗跟他說了那天夜晚發生的一切。當她描述起那張蒼白的小臉，帶著黑眼圈的奇怪眼睛時，狄肯搖了搖頭。

「他的眼睛和他媽媽的一模一樣，只不過大家都說他媽媽的眼睛永遠在笑。人家說克雷文先生不願在他醒著時看見他，是因為那雙眼睛太像他媽媽，但是嵌在他那張傷心的小臉上，卻顯得那麼怪異。」

「你覺得他想死嗎？」瑪麗輕輕的問。

「不想，但他希望自己從來沒出生過。媽媽說這對於孩子來說是天底下最糟糕的事，沒人想要的孩子沒辦法長得強壯結實。克雷文先生給他買了用金錢可以買到的一切，卻又寧願忘記他的存在，因為他害怕看見他變成駝背。」

「柯林自己也很害怕，所以他不願意坐起來。他說要是發現背上長出一個肉瘤，他肯定會哭死的。」

「他不該老躺著想這樣的事情。」狄肯摸著隊長的脖子，默默的思考著，然後他抬頭打量著花園說：「我們第一次進來時，這裡一切都是灰色的。現在你看看，是不是有了變化？」

瑪麗望了望，喊道：「那灰色的牆正在變綠！」

「是啊！它會越來越綠，直到灰色全部褪去。我在想，我們能不能想辦法讓柯林到這裡來，他會看見玫瑰叢裡花蕾的綻放，他會變得健康。」

「我也一直在想這件事情。如果他能保

守祕密，也許你可以幫他推輪椅，醫生說他需要新鮮空氣。」

狄肯一邊撓著隊長的背，一邊說：「這樣肯定對他有好處。讓我們三個人一起看著祕密花園在春天裡復甦，我肯定這比吃藥強多了。」

「他討厭出門，但喜歡聽祕密花園的事，他說他要看看花園。」

「我們總有一天肯定能把他帶到這裡來。」

狄肯吹了一聲低哨，知更鳥轉頭試探的看著他，嘴上仍銜著小樹枝。狄肯用友好的口氣向牠建議：「不管你把它放在哪裡都挺好的。接著做吧！小傢伙，你沒有時間可浪費了。」

「我真喜歡聽你和牠講話！我知道牠喜歡你。」瑪麗說。

「牠知道我們不會打擾牠。」狄肯也笑起來，繼續對知更鳥說：「我們也在築巢，你小心別把我們的祕密說出去喔！」

第十二章　我就不來了

那天上午，他們忙得不亦樂乎，瑪麗很晚才回到屋子，吃完飯又急著趕回去，最後一刻才突然想起柯林。

「去告訴柯林我沒時間去看他，我在花園裡忙不過來。」她對瑪莎說。

瑪莎一臉惶恐的說：「瑪麗小姐，要是我跟他這麼說，他會發火的。」

瑪麗不像其他人一樣怕柯林，而且是個很有主見的人。「我沒時間留下來，狄肯等著我呢！」說完，她就飛快的跑開了。

那天下午比上午更忙碌，也更快活。花園裡的雜草幾乎全被清理一空，玫瑰和樹木都被修剪過、鬆過土。狄肯教會了瑪麗使用各種工具。

他對在挖著土的瑪麗說：「你和原本的樣子大不同，強壯多了。」

「我每天都在長胖，梅德洛克太太得給我準備新衣服了。瑪莎說我的頭髮比原來濃密，不再那麼稀疏了。」

他們分手時，太陽開始下山，金色的陽光斜射到樹下。

瑪麗以最快的速度跑回屋子，她想告訴柯林今天的一切，她覺得他一定喜歡聽。但是當她回到房間，發現瑪莎正苦著臉在等她。

「怎麼啦？你跟柯林說我不能去看他時，他怎麼說？」

「他差點兒就大發脾氣了。為了讓他冷靜，我真是費盡心思啊！」

瑪麗的嘴唇緊緊抿著，她走進柯林的房間，他正躺在床上，沒有轉過頭看她。瑪麗態度僵硬的大步走到他面前，問道：「你為什麼不起來？」

「今天早晨我以為你會來，我起來了，下午我才躺到床上。我的背脊很痛，我累了。你為什麼不來？」

「我和狄肯在花園裡忙。」

「要是你不來和我說話，而是去和他待在一起，我就不讓他到這裡來！」

瑪麗大為光火：「要是你趕走狄肯，我就不再進你的房間！」

「我可以讓人把你拖進來。」

「你可以這麼做。但就算我被拖進來，我也不和你說半句話！」

「你是個自私鬼！」柯林叫道。

「你比我更自私，你是我見過最自私的男孩。」

「我不是！我才沒有你的好狄肯那麼自私！他明明知道我只能一個人待著，卻讓你和他一起玩。他才是自私鬼！」

瑪麗的眼睛冒出火來：「他是世界上最好的男孩！他像……像天使！」

「好一個天使！他只是荒原小屋裡一個最普通的男孩！」

「他比一個普通的邦主好！好一千倍！」

瑪麗開始占了上風。柯林把臉埋進枕頭，哭了起來：

「你們那麼自私。我一直都在生病，我背上會長出肉瘤，我活不長了。」

柯林不顧自己軟弱無力的背脊，帶著一肚子怒氣坐了起來：「滾出去！」他抓起枕頭朝她扔去，

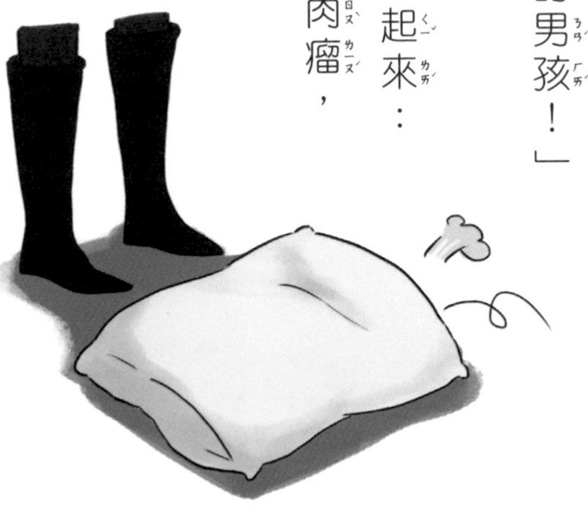

力氣不夠大，枕頭落在了瑪麗的腳跟前。

瑪麗癟著嘴氣呼呼的說：「我馬上走！我再也不會來了！」

她走到門口又轉過身來說：「我本來想告訴你好多事，狄肯把他的烏鴉和狐狸帶來了，現在我什麼都不告訴你了。」

瑪麗大步走了出去，發現保姆站在一旁笑著，她好像一直在偷聽，更令瑪麗驚訝的是，她竟然在笑。

「你笑什麼？」瑪麗問道。

「笑你們兩個。對這個被寵壞的孩子，最好的事情就是有個人站出來和他作對。要是他有個刁蠻的姐姐跟他吵架，說不定能救他一命。」

「他要死了嗎？」

「這個我不知道。他的病痛有一半是因為歇斯底里和壞脾氣。」

「什麼叫歇斯底里？」

「如果他因為這件事大發脾氣的話，你就能明白了。」

瑪麗回到自己的房間，她覺得懊惱、失望。她改變主意了，她不會告訴柯林祕密花園的事。她打算不再管他，他要怎樣就怎樣，他想等死就等死吧！

瑪麗看見桌上放著一個包裹，是克雷文先生寄給她的漂亮的圖畫書和精美的文具，她的心感到一股溫暖：「我要寫封信給他，表示感謝。」

接著，她又想到了柯林：「也許，早上我還是應該去看看他。」

隔天，瑪麗又到花園裡忙了一整天，回屋後又累又餓。晚飯後，她一頭挨上枕頭時，喃喃道：「明天我和狄肯忙完……就去看他。」

半夜時分，她被一陣可怕的聲音驚醒，從床上跳了起來。走廊裡響起匆促的腳步聲。瑪麗捂緊耳朵也能聽見那嚇人的哭鬧聲，她又怕又恨的跺著腳罵道：「是柯林！得有人好好修理他一頓，讓他停下來！」

這時，保姆臉色蒼白的衝進來，慌亂的說：「他又歇斯底里了，他會傷著自己的。誰也拿他沒辦法，好孩子，你過去試試吧，他喜歡你。」

「他今天早上把我趕了出來！」瑪麗激動的跺著腳。

她的反應倒讓保姆暗暗高興：「你這樣就對了，你的情緒很對。你去罵他，讓他有一點新的念頭想想。去吧，孩子，快去吧！」

瑪麗沿著走廊飛奔，火氣越來越大，她一把推開柯林的房門，朝四柱床衝過去，吼道：「你閉嘴！我討厭你！每個人都討厭你！我們都離開這裡，讓你一個人叫到死！你馬上就會叫死的，但願你叫到死！」

柯林本來趴在床上，聽到瑪麗的罵聲後差點一躍而起，從來沒有人敢這樣對他。他的臉又白又紅又腫，因為哭鬧和氣憤喘得快透不過氣了。

但是野蠻的瑪麗一點也不為所動：「你要是再叫一聲，我也叫……我叫得比你還響亮，我會把你嚇壞！」

柯林果然停止了哭叫，那堵在喉嚨口的叫聲差點把他噎住。他渾身發抖，眼淚直流，一邊喘氣一邊抽泣：「我停不下來！停不下來……停不下來！」

「你得停下來！」瑪麗喊道：「你的病有一半就是因為你的歇斯底里！」

柯林哽咽著說：「我摸到了肉瘤！我會變成駝背，然後死掉。」

「你沒有摸到肉瘤！」瑪麗尖刻的反駁道：「你背脊上什麼也沒有！根本沒有，是你歇斯底里！轉過來讓我看看！」

保姆、梅德洛克太太和瑪莎擠在門口看著他們，都被嚇得不輕。柯林泣不成聲，胸口一起一伏的。

「也許……他不會讓我看。」瑪麗遲疑的低聲說道。

柯林聽到了，在兩次抽泣後迸出一句：「那就給……給你看！」

脫去衣服後，柯林的背瘦的慘不忍睹，每一根肋骨和每一個關節都清晰可辨。瑪麗彎著腰，繃著一張蠻橫的小臉，仔細認真的檢查著。

「根本沒有什麼肉瘤！」最後她下了論斷：

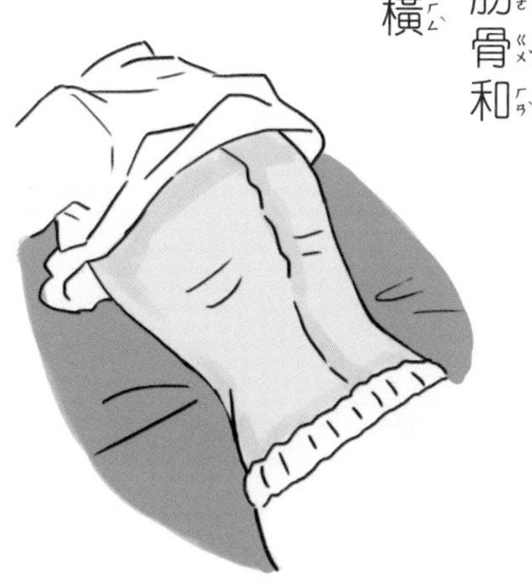

「只有骨頭上的疙瘩，因為你太瘦了。你要是再說背上有什麼肉瘤，我就要取笑你了。」

「我以前不知道他以為他背上有肉瘤。」這時保姆大著膽子說：「他的背脊一向很弱，因為他不肯坐起來。本來我可以告訴他的。」

柯林哽咽著問：「你本來可以嗎？」

「是的，少爺。」

柯林靜靜躺了一會兒，然後認真的問：「你認為……我可以……長大？」

保姆很實在的重複了一些那位倫敦來的醫生的話：「只要你按照醫生囑咐去做，不要亂發脾氣，盡量多呼吸新鮮空氣，就有可能長大。」

柯林哭累了，脾氣過去了，他朝瑪麗伸出手，兩人握手言和。

柯林說：「我要……我要和你一起出去，瑪麗。我不會討厭新鮮空氣，如果我們能夠找到……」他突然記起要保密的事，及時煞住沒有說出祕密花園，而是改口說：「只要狄肯願意幫我推輪椅，我就跟你們一起出去。我太想見到狄肯、還有他的狐狸和烏鴉了。」

保姆把柯林的床重新整理好，然後給了柯林和瑪麗一人一杯牛肉茶。梅德洛克太太和瑪莎高興的溜走了，保姆也肆無忌憚的打著呵欠。

瑪麗問柯林：「要我給你唱那支印度的歌嗎？」柯林高興的點點頭。

瑪麗對保姆說：「我會哄他睡覺的，你想走就走吧！」

保姆走出了房間。柯林抓住瑪麗的手：「我差點要說出來了，幸虧及時煞住了。你說你有很多事情要告訴我，你找到進入祕密花園的辦法了嗎？」

看著那張疲倦而可憐的小臉蛋，那雙紅腫的眼睛，瑪麗心軟了：「是，我發現了。你要是好好睡覺的話，我明天告訴你。」

他的手顫抖的說道：「哦，瑪麗！如果我能夠進入祕密花園，我想我就能活下去了。你能不能像第一天那樣，把你想像中的花園樣子告訴我？」

「可以，閉上眼睛。」柯林乖乖的照做了。

瑪麗握住他的手，輕輕的講了起來……直到柯林睡著。

第十三章　我們不能再浪費時間了

第二天瑪莎告訴瑪麗，柯林病了。每次歇斯底里過後，他都免不了發燒。

瑪莎說：「他這麼喜歡你，真是怪事。昨天晚上你這樣教訓了他一頓，換作別人誰都不敢。可憐的孩子，他已經被寵壞了！媽媽說，孩子最壞的兩種情形，一是從來不能按自己的意願做事，二是總能按自己的意願做事。你昨天的脾氣也很大，可是今天他對我說：『請問瑪麗小姐願不願意來看我？』他居然說了『請』字耶！你想去嗎？」

「我想先去見狄肯……不，我還是先去看他吧！」瑪麗靈機一動。

她戴著帽子來到柯林房間，他臉色蒼白的躺在床上，露出失望的表情說：「我很高興你來了。我的背很痛，全身都痛！你是要出去嗎？」

瑪麗依在他床上：「我不會去太久的，我去見狄肯。是花園的事。」

「哦？我昨晚夢見花園。我會躺著這裡想著這件事，直到你回來。」

瑪麗在花園找到狄肯。他身邊有狐狸和烏鴉，還有兩隻溫馴的麻雀。

「今天早晨我是騎著小馬過來的，牠叫『跳躍』。我把這兩個小傢伙放在口袋裡，這個叫『堅果』，這個叫『果殼』。」

他們在草地上坐下來，隊長蜷縮在他們腳跟前，煤煙停在一棵樹上，堅果和果殼緊挨著他們，一副其樂融融的景象。瑪麗告訴狄肯昨天發生的事，她看得出來，狄肯比她更為柯林感到難過。

他抬頭看著天空和四周，說道：「春天來了，到處聽得見鳥兒鳴唱，整個世界都在呼喚萬物甦醒，一切多麼美好啊！但那可憐的孩子卻躺在大屋子裡，什麼都看不見，於是就胡思亂想，大哭大叫。我們一定要把他帶到這裡來，讓他來看來聽，來陽光下呼吸新鮮的空氣。我們不能再浪費時間了！」

狄肯說話時帶著一點約克口音，瑪麗也學他捲著舌頭說起了約克話：

「對，我們必須這麼做！他想見你，想見煤煙和隊長。等會兒回去我就問他，能不能讓你明天早上去看他，帶著你的動物們；然後，等葉子長得更茂盛些，我們就把他帶到這裡來，你幫他推輪椅，我們把一切都指給他看。」

「你一定要像這樣和柯林講點約克話，」狄肯咯咯笑著說：「你會逗得他哈哈大笑。媽媽說，每天早上大笑半個小時，對病人再好不過了。」

「我今天就跟他講。」瑪麗也咯咯笑著說。

如今的祕密花園，彷彿每天都有魔術師用魔杖點化過，把它的可愛從地底下和樹枝間顯露出來。當瑪麗回到屋裡和柯林坐在一起時，他用鼻子嗅了嗅，快活的叫道：「這是什麼味兒呀？又清涼，又溫暖，又甜美。」

「是荒原上的風，它帶來了春天的味道。春天來了，陽光可香啦！」

「我以前從沒聽你這樣講話過，聽起來太奇怪了。」柯林哈哈大笑。

瑪麗得意的說：「我在跟你講約克話，當然我不像狄肯講得這麼好，但你聽得懂吧？你可是個土生土長的約克人呢！」

兩個人都笑了，笑得停不下來，整個房間裡都蕩漾著笑聲。梅德洛克太太站在走廊裡驚訝的聽著，自言自語道：「哦，誰曾聽見過這樣的笑聲呢！」

可以聊的東西很多，柯林好像總聽不夠狄肯和小動物們的故事。

「牠們真能聽懂狄肯的話？」柯林問。

「好像能。狄肯說，只要交上朋友，任何東西都是能夠互相理解的。」

柯林認真的思考著：「我也希望與牠們交朋友，但是我和別人合不來。」

「本來我也是。現在，我已經不像認識狄肯前那麼尖酸了。」

「你是不是覺得別人很討厭？」

「是的，要是我在認識狄肯前認識你，我肯定討厭你。」

柯林伸出瘦弱的手拉著她，說：「瑪麗，我真希望我沒說過要把狄肯趕走的話。我覺得他也許真的是天使。我不介意狄肯看見我，我想見他。」

「我很高興你這麼說，因為……」瑪麗明白，是該告訴他的時候了。

「因為什麼？」他急切的叫道。

瑪麗抓住他的雙手，焦急懇切的追問：「我能相信你嗎？我相信狄肯，因為鳥兒都相信他。但是我能相信你嗎？真的，確實能相信嗎？」

他表情嚴肅，幾乎耳語回答道：「是的，是的！」

「好吧，明天早上狄肯會來看你，還會把動物們都帶來。」

「哦！哦！」柯林欣喜的歡呼了起來。

「還有呢！」瑪麗激動的說：「還有更好的消息。有一扇門能進入那個花園，我找到了。它就在牆上的一片常春藤下面！」

柯林的眼睛瞪得越來越大，氣都喘不過來了，語帶哽咽叫道：「哦，瑪麗！我能看見它嗎？我能出去嗎？我能活著進去嗎？」

「你當然能！」瑪麗不容置疑的說：「你當然能活著進去！別犯傻了！」

瑪麗開始告訴他花園真實的樣子。柯林冷靜了下來，完全忘記了疲倦和病痛，聚精會神的聽著。

第十四章　春天來了

因為柯林發燒，克雷文醫生被請來了。

「他怎麼樣啦？」他不耐煩的問梅德洛克太太：「他這樣發作，早晚要血管爆裂的。這個孩子因為歇斯底里和自我放縱，已經有一點神經錯亂了。」

「是啊，先生。不過那個印度來的小女孩好像給他施了魔法，昨晚他發作時，她就躥到他面前，把他給唬住了。現在他們……好了，我們還是直接去看看吧！」

克雷文醫生做好了準備，想著又要看到那個蒼白發抖的病孩子了。但走進柯林的房間，見到的情景令他大吃一驚。柯林筆直的坐在沙發上，正在翻閱一本園藝的書，和瑪麗兩個人有說有笑的。

當他們看見克雷文醫生時，笑聲和閒聊聲停止了，瑪麗變得非常安靜，柯林則一臉的苦相。

「聽說你昨晚病了，孩子，我很難過。」克雷文醫說。

「我現在好多了，」柯林說話的神態又像一個小邦主了：「如果天氣好的話，我還要坐輪椅出去呼吸新鮮空氣。」

醫生坐下來，一邊把脈一邊好奇的看著他：「那必須是個天氣非常好的日子，而且你必須非常小心不要累壞自己了。」

「新鮮空氣不會累壞我的。」小邦主說。

「我以為你向來不喜歡新鮮空氣呢！」他震驚的說。

「我一個人的時候是不喜歡，但是我表姐會和我一起去。」小邦主回答。

「當然還有保姆吧？」

「不，我不要保姆去。我表姐會照顧我，昨晚就是她讓我感覺好起來的。還有一個很棒的男孩會幫我推輪椅。」

「他一定得是個強壯穩重的男孩。我必須知道，他是誰？」

「是狄肯！」瑪麗突然大聲回答。

克雷文醫生原本嚴肅的臉一下子鬆弛下來，甚至露出了微笑：「如果是狄肯，那你們就安全了。他強壯的像一頭荒原上的小馬。」

「而且他很可靠。」瑪麗說。

「是啊，能讓你們高興就好。你昨晚吃安眠藥了嗎，柯林？」

「沒有，瑪麗給我講了春天裡花園的事，我聽著聽著就睡著了。」

「聽起來不錯。」克雷文醫生困惑的瞥一眼瑪麗，接著說：「你顯然好多了，但必須記住……」

「我不要！」柯林打斷他，邦主派頭又來了：「就是因為我的表姐讓我忘了我是個病人，我才感覺好多了。」

克雷文醫生很快就結束了「治療」，實際上他根本無事可做。他一臉沉思的下樓，和梅德洛克太太在書房談話。

梅德洛克太太問道：「先生，你能相信嗎？」

「這確實是新的狀況，而且不可否認比原來的狀況好。」

「我相信索爾比太太是對的。我昨天出門順道去了她家，她對我說，孩子需要孩子。」

「她是我認識最好的護士。」醫生說：「第一次遇見她，我就知道我的病人有救了。」

梅德洛克太太笑了：「她總是有辦法。她說她總對孩子說，地球就像個柳丁，每個人都只能擁有其中的一瓣。如果誰想擁有整個柳丁，那就可能連籽兒都得不到；而且籽兒是苦的，根本不能吃。」

那天晚上柯林一覺到天亮，醒來後，不知不覺的笑了，渾身舒暢。他的腦子裡盡想著瑪麗的計畫、花園、狄肯和動物們。心裡有東西掛念真好！

不一會兒，瑪麗就奔進房間，帶來一股新鮮空氣，充滿清晨的氣息。

「你出去過了！你身上有葉子好聞的味道。」他叫道。

她一直跑著，頭髮飄曳，清新的空氣讓她容光煥發，一張小臉紅撲撲的。

「太漂亮了！」因為跑得太快，她說話都有點氣喘：「它來了，春天來了！是狄肯說的！」

「是嗎？打開窗子！也許我們可以聽見金色號角！」他哈哈大笑起來。

瑪麗打開窗戶，清新的空氣、芬芳的花香和百鳥的歌聲撲面而來。

「這是新鮮空氣，你仰躺在床上，做深呼吸。狄肯躺在荒原上時也是這麼做的，他覺得新鮮空氣好像能讓他永遠活下去。呼吸，再呼吸！」

柯林照著做，果然有一種令人愉悅的感覺。

「好多東西都鑽出了地面，花園裡一片生意盎然。狄肯帶來了狐狸、烏鴉、麻雀和一隻新生的羔羊。羔羊是他三天前在荒原上發現的，牠失去了媽媽，狄肯把牠抱了回家，又把牠帶到祕密花園來。」

瑪麗興奮不已的向柯林描述著，柯林一邊聽一邊呼吸著新鮮空氣。保姆進來了，有些吃驚的問：「你不覺得冷嗎，少爺？」

「不冷，我在呼吸新鮮空氣呢！我要坐到沙發上去和表姐吃早飯。」早飯準備好後，柯林小邦主派頭十足的宣布：「今天早上會有一個男孩來看我。他是瑪莎的弟弟狄肯，他一到就帶他們上樓，動物們也要上來。」

他們一邊吃早飯一邊聊著天，狄肯不久就到了。瑪麗舉起手指示：「聽！你聽見烏鴉的叫聲了嗎？再聽，你聽見羔羊的聲音了嗎？哦，他來了。」

狄肯的靴子在走廊上發出啪嗒啪嗒的聲音，他一步步的走近了。瑪莎推開門通報：「少爺，狄肯和他的動物們到了。」

狄肯咧著嘴滿臉微笑的走進來，懷裡抱著羔羊，狐狸走在他身邊，堅果坐在他左肩，煤煙坐在他右肩，果殼的頭和爪子從外衣口袋裡探了出來。

柯林慢慢的坐起來，一個勁的注視著他，狄肯的喜悅和好奇讓他不知所措，甚至不知道該說些什麼。

狄肯一點都沒有不知所措，他走到柯林面前，輕輕的把羔羊放在他的大腿上。那小東西立刻急切的往柯林的身上鑽。

「牠要做什麼呀？」柯林叫道。

狄肯越笑越歡喜的說：「牠要找媽媽，我故意讓牠餓著肚子，因為我知道你想看我給牠餵食。」

他在沙發旁跪下，從衣袋裡掏出奶瓶給羔羊餵奶。柯林一股腦兒拋出許多問題來，狄肯一一做了回答，詳實的講述他發現羔羊的經過。

然後他們看著園藝書中的插圖，所有花兒的名字狄肯都說得出，並且知道哪些已經長在祕密花園裡，他向柯林一一描述著它們。

「我要去看看它們！我要去看看它們！」柯林叫道。

瑪麗認真的說：「好呀，你一定要去，你絕對不能再浪費時間了！」

第十五章　我要永遠活下去

不過，他們不得不再等待一個多星期。因為接連幾天刮起大風，柯林又感冒了。幸好狄肯幾乎每天都來，跟他們說說外面的故事。當然，最讓他們費心的事情，就是如何把柯林帶到祕密花園去，而且不被任何人看到。他們興高采烈的討論著路線該怎麼走，擬訂了一個周密的計畫。

這天，花匠羅奇先生被叫到柯林的房間。打開房門時，一隻大烏鴉棲息在一把高椅子背上，非常響亮的叫了兩聲。儘管有梅德洛克太太的警告在先，羅奇先生還是嚇得差點往後跳。

小邦主坐在一把扶手椅裡，狄肯在給小羔羊餵奶，瑪麗坐在一張凳子上。

柯林轉過頭看著羅奇，說道：「我叫你來，是因為我有非常重要的命令。今天下午我要坐輪椅到外面去，我每天都要出去。在這個時候，任何人都不能待在花園圍牆邊的那條小徑附近。我大概兩點鐘去，所有人都必須迴避，直到

我讓他們回去工作為止。」

「是的，少爺。」羅奇回答。

從房間出來後，羅奇對梅德洛克太太說：「他真有一股王室的派頭啊！」

「他將來會懂的，整個柳丁並不屬於他一個人，他早晚會發現屬於他自己的那一份到底有多大。」梅德洛克太太說。

下午，家裡力氣最大的男僕把柯林背下樓來，放進輪椅裡。狄肯早已在等在那兒，他慢慢的、穩穩的推起輪椅往外走，瑪麗開心的走在一旁。

柯林靠在輪椅上，抬頭看著天空。

他問：「風兒吹來的是什麼香味啊？」

狄肯回答：「是花園裡盛開的金雀花散發的香味，那些蜜蜂們可高興了。」

經過的小徑上沒有半個人影，他們按照事前周密

安排好的路線，在灌木叢和噴泉花圃之間兜來兜去，最後拐進了那條常春藤牆邊的小徑。

「快到了。」瑪麗邊走邊輕輕的說。

「這裡就是我經常來來去去，一次一次感到驚訝的地方……」

「這裡是班工作的地方……」

「知更鳥就是從這裡飛過牆頭的……」

「那裡，就是牠站在小土堆上把鑰匙指給我看的地方。」

柯林的眼睛越瞪越大。「哪裡？哪裡？哪裡？」

「還有這裡，」瑪麗走到常春藤牆邊，「這裡就是知更鳥在牆頭上朝我唱歌的地方，這就是被風吹開的那片常春藤。」

「哦，這裡，是這裡啊！」柯林喘著氣說。

「這裡是門把，這裡是門。狄肯，推他進去，快推他進去！」

狄肯有力、平穩的一推，把柯林推了進去。柯林用雙手捂住眼睛，直到輪椅停下來，門被關上後，才把手拿開。

他像瑪麗和狄肯第一次進來時一樣，一遍又一遍的四處打量著，太陽溫暖的照耀著他。瑪麗和狄肯驚訝的發現他看上去是那麼不同往常，一種健康的粉色漸漸布滿他的全身。

他叫道：「我會好起來的！瑪麗！狄肯！我會永遠、永遠活下去！」

那天下午，整個世界似乎都在為了一個男孩而努力，盡其所能的把一切美好的東西都聚集在一起。

「哦，太奇妙了！」柯林的眼睛裡流露出越來越驚訝的神色：「我從來沒有過像今天這樣奇妙的下午。」

瑪麗快樂的嘆了口氣：「是啊，這是世界上最奇妙的下午！」

「你不覺得，」柯林帶著夢幻般的神情說：「這一切全都是為了我嗎？」

三個孩子沉浸在無比的快樂中。瑪麗和狄肯不停的指著各種東西給柯林看，狄肯推著柯林在花園裡兜來兜去，尋找著各種春天的奇跡。

「我們會看見知更鳥嗎？」柯林問。

「過一會兒你就能看個夠。」狄肯回答。「等小鳥孵出來，牠就要忙昏頭了。媽媽說，當她看見知更鳥為了餵養孩子而忙碌時，覺得自己簡直是個舒服的闊太太。她說，就好像有汗水從牠們身上滴下來，只是人們看不見。」

這些話逗得三人哈哈大笑，但隨即擔心被人聽見而不得不捂住嘴巴。

輪椅被推回了樹蔭下，柯林看見剛才他沒有注意到的東西，問道：「那棵老樹的樹枝是灰色的，一片葉子也沒有，它已經死了嗎？」

「是啊！但是等爬滿樹幹的玫瑰開花，它就是最漂亮的樹了。」狄肯說。

「它好像有一根樹枝被折斷了，不知道是怎麼回事？」柯林說。

瑪麗心事重重，眼神閃避。狄肯也迴避的說：「那是好多年前的事了！」

「哎！知更鳥來了！」狄肯話鋒一轉。

這時，一隻紅胸脯的鳥兒叼著東西飛掠而過。柯林看見了，笑哈哈的說：

「牠在運送食物耶。我也想吃點東西了。」

事後，他們討論起這件事，瑪麗覺得是狄肯用魔法召喚知更鳥過來，才轉移了柯林的注意力。他們都不忍心把十年前的悲劇告訴柯林。

看到知更鳥往返了兩、三趟，柯林覺得一定要吃點東西了，他說：「去叫傭人把點心放在籃子裡，送到杜鵑花小徑上，然後你們去把它拿進來吧！」

這是個好主意，很容易辦到。不一會兒，孩子們就開心的坐在草地上，分享著食物，當然，狄肯的動物們也都得到了一份。

下午悄悄的過去了。柯林說：「我明天還要來，我天天都要來！」

「用不了多久，你就能在這裡走來走去，像我們一樣挖土。」狄肯說。

「走路！挖土！我行嗎？」柯林的臉紅了。

「當然行！你和我們一樣長著腳呢！」狄肯瞥了他一眼，堅定的說。

「我的腳其實沒病，只是太瘦弱了，沒什麼力氣，所以我不敢站起來。」

「只要你不再害怕，就能站起來！」狄肯說。

他們安靜的休息了一會兒，太陽越來越低了。

突然，柯林抬起頭，發出一聲驚呼：「那人是誰？」

瑪麗和狄肯驚跳起來，轉過頭去。只見班站在梯子上，隔著牆，一臉怒氣。但不一會兒，他突然目瞪口呆，看著狄肯推著氣衝衝的柯林朝他而來。

「你知道我是誰嗎？」小邦主問道。

班的喉嚨好似有東西哽住，聲音顫抖的說：「我知道。你媽媽的眼睛長在你臉上，它們正盯著我。天知道你怎麼會到這裡來，你是個瘸子啊！」

「我不是！」柯林憤怒的讓狄肯扶著他站了起來，眼睛裡閃爍著火花。

班老淚縱橫看著他：「別人都在說謊。你的確很瘦，但根本不是殘疾啊！」

「你馬上進花園裡來，你已經捲入這個祕密了！」柯林直視著他說。

班的目光似乎無法從他身上移開，輕聲答覆道：「是，少爺！」

等班爬下梯子，柯林轉頭問狄肯：「是你施魔法讓我站起來的嗎？」

狄肯笑道：「是你自己在施魔法。」

班走進花園，他們在毯子上坐了下來。

班說：「這是你媽媽的花園，她很喜歡這裡。」

「現在是我的花園，我喜歡它。我每天都要來，但這件事要保密。我們在整理花園，你可以來幫忙，不過不能讓人看見。」

「你媽媽非常喜歡它，她對我說過，如果她不在了，要我幫忙照顧花園。但是她走了後，莊主卻不准任何人進來。我還是來了，一年來修剪一次，直到得了風濕才甘休。」

「要不是你來整理過，這裡不會恢復得這麼快。」狄肯說。

柯林拿起鏟子開始挖土，他的手很瘦弱，可是他不氣餒。班充滿熱切的看著：「你還會挖土啊！來種點東西怎麼樣？我去拿一盆玫瑰來。」

狄肯幫忙把洞挖得更深更大，瑪麗取來水罐。班捧來了玫瑰，把花盆砸碎，將花遞給柯林：「你親手種下去吧！」

柯林細白的手顫抖著，他把玫瑰放進土裡，用手扶著，讓班把土拍緊實。「種好了！」柯林終於說：「太陽正在下山。扶我起來，狄肯。我要站著看它下山，這是魔力的一部分。」

太陽下山了，這個可愛奇妙的下午結束時，柯林確實靠兩條腿站著，並且哈哈大笑。

第十六章　魔力

當他們回家時，克雷文醫生已等候多時了。他對柯林說：「你不應該在外面待那麼長時間，絕對不能太勞累。」

「我一點也不累，我天天都要去，誰也別想攔著！」

醫生走了後，瑪麗對柯林說：「要對一個粗暴的孩子那麼客氣，十年如一日，真是非常可憐。沒人敢忤逆你，才讓你變得自行其是，變得那麼古怪。」

「我古怪嗎？」

「是啊！但是我和班也是這樣。不過現在我開始喜歡別人，我找到了祕密花園，不像以前那麼怪了。」

「我不想做個怪人。我每天都要去花園，那裡有魔力可以幫助我變好。」

的確，在接下來的幾個月裡，花園好像確實充滿了強大的魔力，各種植物不停的生長，百花齊放，到處都是驚喜。

班說：「太太特別喜歡這裡，她喜歡這些東西挺拔的指向藍天，而且藍天看上去總是那麼快樂。」

柯林每天都到花園來，注視著每一個變化。一天，他把狄肯、瑪麗和班都召集到花園裡，鄭重的說：「我要做一個科學實驗，是關於魔力。魔力是個偉大的東西，我相信狄肯懂一些，雖然他自己不知道，他能讓人和動物著迷。我相信任何東西都有魔力，只要我們能夠把握它，它就可以為我們做事——像電、馬和蒸汽一樣。這個花園的魔力使我站起來，我要提取更多魔力輸入我體內，讓我強壯起來。我想，只要不停的想這件事、召喚它，它也許就會來。我第一次站起來時，瑪麗就用過這個方法。我每天都要不停的對自己說：『魔力在我身體裡面！讓我康復起來！』你們也一起做。」

「我在印度時聽人說，有些苦行者，會把一些話重複上千遍。」瑪麗說。

於是，憑著對插圖中那些苦行者的記憶，柯林建議大家盤腿坐在一棵樹底下。他像個聖神的牧師一樣吟唱起來：「**太陽在發光，太陽在發光，那就是魔**

力……魔力！魔力！快來幫忙！」

反反覆覆唱了好多遍之後，柯林宣布：「現在我要繞著花園走一圈。」

於是，他們排成了一列，非常莊嚴的慢慢移動。柯林倚著狄肯，不停的說：「魔力在我身上！魔力讓我強壯！」

重新回到樹底下時，柯林滿臉通紅，就像凱旋而歸一樣，神情得意的喊道：「我成功了！魔力奏效了！」

「克雷文醫生會怎麼說呢？」瑪麗問。

「他什麼都不會知道。我照樣坐輪椅往返，每天都到花園來鍛鍊，等爸爸回來，我要走進他的書房親口對他說，我來了，我是一個健康的男孩！」

除了整理花園的日子，狄肯每天都會在自家四周的空地上種菜。索爾比太太有閒暇時間，就會出去和他聊天。瑪麗和柯林一致同意，狄肯的媽媽可以「參

與祕密」。所以，她從狄肯口中知道了花園的一切。

當她聽說那兩個孩子要在別人面前隱瞞祕密，但由於胃口越來越好，食物根本填不飽肚子，便讓狄肯去花園時帶上她準備的牛奶和麵包。

保姆和克雷文醫生對柯林的變化感到十分困惑。這天，醫生來看病時，問了一大堆問題，讓柯林大為惱火。

「你在外面待的時間很長，究竟去了哪裡？」醫生問道。

「我當然去我喜歡的地方。」他回答道：「誰都不准阻擋我！」

「你現在的狀況是健康的。要是你能堅持下去，我的孩子，我們就不必總是談論死亡了。如果你父親聽到這個好消息，一定會很高興的。」

「我不准你告訴他！」柯林的怒火突然爆發出來：「要是我的病情又惡化的話，只會讓他更失望。我覺得我好像現在就要開始發燒了。我不准你給我父親寫信！我不准！我不准！」

這件事給瑪麗和柯林敲響了警鐘，於是他們決定吃飯時少吃一些。但是當美味的食物發出陣陣誘人的香氣，這實在不是個好主意。所以，當狄肯提著牛奶和麵包來到花園時，柯林和瑪麗可高興壞了。

狄肯在花園裡發現了一個很深的小坑，可以用石頭砌一個小爐灶，在上面烤馬鈴薯和雞蛋。這可是兩個孩子以前從未嘗過的美味呢！

隨著鍛鍊的增加，柯林和瑪麗的胃口也越來越大了。要不是狄肯每天都帶著食物籃來，只怕他們會餓死。但是那個小灶和索爾比太太提供的食物已經夠他們吃了，所以回到家後自然又沒什麼胃口了。這又一次讓醫生和梅德洛克太太摸不著頭腦。

「那些孩子有沒有可能偷吃東西呢？」克雷文醫生問。

「不可能，他們整天待在外面，再說，如果他們對飯菜不滿意，只要開口就行。但他們明顯變了，他們經常在一起哈哈大笑，也許就是因為笑才變胖的吧！」梅德洛克太太說。

「也許是，那就讓他們笑吧！」醫生說。

祕密花園的花兒越開越茂盛，每天都出現新的奇跡。知更鳥的伴侶產下了蛋，牠們小心翼翼的保護著這些蛋。鳥媽媽一邊孵蛋，一邊饒富興味的看著花園裡的孩子們鍛鍊、整理花園、玩耍。雨天裡，孩子們不來，牠甚至會感到有點無聊呢！

但就算是雨天，瑪麗和柯林也不會感到無聊。柯林開始無法忍受躺在床上裝病，於是瑪麗就提議在屋子裡「探險」，去看看那些被關著的房間。

傭人把他的輪椅推到走廊，遵照吩咐離開後，柯林立刻從輪椅上站起來說：「我要在這走廊裡奔跑、跳躍，練習肌肉操。」

他說到做到，還做了別的事。

他們看了一幅幅的畫像，柯林說：「這些全是我的親戚，他們生活在很久以前。」他們找到了老鼠窩的房間，瑪麗又帶他去看了別的房間，發現了更多的走廊和轉角，這真是一個充滿奇妙又有趣的上午。柯林說：「我從不知道我住在這麼一個古老又古怪的地方。以後我們每個雨天都來這裡逛，我們一定能找到新鮮有趣的東西。」

那天下午，瑪麗注意到壁爐上方那張肖像上的簾子被拉開了，等她盯了畫像幾分鐘以後，柯林說：「看著她笑不再讓我生氣了。我好喜歡看著她永遠笑呵呵的樣子，我想她也是個有魔力的人。」

第十七章　在花園裡

雨後他們又在祕密花園裡忙碌了，柯林的拔草技術變得十分熟練，他還能邊做邊發表他的魔力演說。

「你親自動手做的時候，魔力是最有效的！」他放下鏟子沉默了一會兒，然後狂喜的甩著手臂，臉上熠熠生輝的喊道：「我能這樣用雙腳站立，手握鏟子挖土，我的病好了！我會永遠、永遠活下去！」

班建議大家唱《榮耀頌》，一首人們在教堂裡唱的歌。於是，他們一起莊重的唱了起來。這時，門被輕輕推開，一個女人走了進來。

「是我媽媽！」狄肯叫著朝她跑去。柯林和瑪麗也朝她走了過去。狄肯說：「我知道你們想見她，就把門藏在哪裡告訴了她。」

索爾比太太握住柯林的手，眼睛裡好像蒙上了一層霧氣：「嗨！我親愛的孩子！你太像你的媽媽了。你爸爸一定要回家來啊！」

班走過來，說：「你看看他的腿，兩個月前還一點力氣也沒有呢！」

索爾比太太欣慰的笑了：「要不了多久它們會變得越來越有力的。」

然後，她把雙手擱在瑪麗肩膀上，像媽媽似的仔細打量她那張小臉。

「還有你。我敢說你也像你的媽媽，等你長大後，你會像一朵紅玫瑰。我的孩子，祝福你。」

他們陪著索爾比太太在花園裡兜了一圈，跟她講了花園的整個故事。孩子們告訴她知更鳥寶寶第一次怎麼學飛的，她笑出聲來，充滿了母愛的溫暖。

孩子們問她相信魔力嗎？她答道：「我相信，但我從來不知道它叫什麼名字。它讓種子發芽，讓你長成健壯的孩子，那一定是有益的東西。它不停的創造出世界，我們千萬不要停止相信它。」

今天她也帶來了食物籃，於是大家一起坐在樹下吃東西聊天。她有一肚子的奇聞趣事，逗得他們哈哈大笑，她也教他們說約克話。當他們告訴她，越來越難讓柯林繼續裝病的時候，她笑得前仰後合。

索爾比太太說：「我知道你們還要好好裝下去，但是你們裝不了多久了，克雷文先生就要回來了。」

索爾比太太終於站起身來，準備到屋裡去見梅德洛克太太，柯林緊緊的抓住她的衣服說：「我希望你不僅是狄肯的媽媽，也是我的媽媽。」

她的雙眼濕潤，俯下身摟抱他，彷彿他就是狄肯的弟弟：「好孩子！我相信，你媽媽就在這花園裡，她不會離開。你的爸爸一定會回來。一定會！」

遠在千里之外的克雷文先生，在挪威和瑞士到處漫遊，十年來他一直都過著這種孤獨的生活，他的心中充滿了悲涼。有天夜晚，他在湖邊的涼臺上睡著了，做了一個非常真切的夢。他聽見一個甜美、熟悉的聲音，輕柔的呼喚著他：「阿奇！阿奇！」

那呼喚彷彿就在身邊，聲音如此真實。他答道：「莉亞絲！你在哪裡？」

「在花園裡！」那聲音答道，好像金笛吹出的樂音：「在花園裡！」

他醒來時已是晨光明媚。回到下榻的別墅，傭人拿著一封信在等他。索爾比太太在信中寫道：「先生，如果我是您，我就會立刻回家來。我想你回來的話，一定會很高興的。而且，假如您太太還在的話，她也會請您回家的。」

他把信看了兩遍，不停的想起那個夢。他對自己說：「我要回米瑟斯韋特，對，我要馬上回去。」

幾天後，他回到了約克郡。在漫長的路途中，他發現自己在想念兒子，這是之前從來沒有過的事。穿越荒原的半路上，他在索爾比家的小屋前停下來，七、八個孩子告訴他，媽媽一早出去了。看著腳下這一群結實的小孩子，每張微笑著的紅臉蛋看起來都非常健康。他對著孩子們露出了難得一見的笑容。

返抵莊園後，他把梅德洛克太太叫進書房，詢問道：「柯林怎麼樣了？」

梅德洛克太太不安的說：「他有點兒不一樣了，很怪，通常什麼都不吃，

然後突然狂吃一頓。他突然堅持要每天都要到外面去，和瑪麗小姐在一起時，還會莫名其妙的大笑起來。」

「他現在在哪裡？」

「在花園，他總是待在花園裡，而且不准任何人靠近。」

「在花園！」他說。打發走梅德洛克太太後，他呆站在那裡喃喃的重複著這句話，費了好大的勁才讓自己平靜下來。

他慢慢走出房間，來到了花園。他看著被常春藤覆蓋的牆，靜靜的站著，打量著四周。然後，他竟然聽見花園裡的奔跑聲，聲音越來越近，牆上的門被「砰！」的打開了，一個男孩從裡面奔竄了出來，幾乎一頭撞進他懷裡。克雷文先生及時伸出手去扶住孩子，仔細一看，驚訝的倒抽了一口氣。這個高大英俊的男孩，臉色紅潤，一雙灰色的大眼鏡讓他幾乎透不過氣來。

「誰……什麼？誰？」他結結巴巴的問。

「爸爸，我是柯林。你不敢相信吧？我是柯林。」

爸爸卻只是一直說著：「在花園！在花園！」

「是的，」柯林急忙說：「是花園，還有瑪麗、狄肯和動物們，以及魔力。誰也不知道，我們一直保守祕密，就是等你回來告訴你。我跑得比瑪麗快，我將來要當一名運動員。」

看著這個健康的孩子，難以置信的欣喜讓克雷文先生的心都顫抖了。

「你不高興嗎？爸爸，我要永遠永遠活下去。」

克雷文先生把雙手搭在孩子肩上，終於開口：「帶我到花園去，孩子。把一切都告訴我。」

於是，孩子們領著他進去了。他們帶他環顧花園，柯林把整個故事一股腦兒的倒了出來。克雷文先生邊聽邊笑，直到眼淚湧進眼眶。這位運動員、演說家兼科學家，是一個可愛、健康的年輕生命。

說完故事後，柯林大聲宣布：「現在，再也沒有必要保守祕密了。我不再坐輪椅了，我要和你一起走回去，爸爸！」

班把種的菜送到廚房來，梅德洛克太太問他：「你看到他們兩個了嗎？」

「都看見了。外面發生的一些事情，你們在屋子裡的人是不知道的。」他指著窗子說：「瞧那裡，瞧是誰穿過草地走過來了！」

梅德洛克太太一看，立刻舉起雙手發出一聲尖叫，傭人們也都衝到窗前朝外看，驚訝的眼睛都要掉出來了。

穿過草坪走過來的，正是米瑟斯韋特莊園的主人，他的樣子是許多人從沒見過的。在他身邊的男孩，高昂著頭，眼睛裡充滿笑意，走起路來有力又穩當，他是——**柯林少爺！**

旅遊頻道 YouTuber

在尋找青鳥的旅途中，走訪回憶國、夜宮、幸福花園、未來世界……

在動盪的歷史進程中，面對威權體制下看似理所當然實則不然的規定，且看帥克如何以天真愚蠢卻泰然自若的方式應對，展現小人物的大智慧！

地球探險家

動物是怎樣與同類相處呢？鹿群有什麼特別的習性嗎？牠們又是如何看待人類呢？應該躲得遠遠的，還是被飼養呢？如果你是斑比，你會相信人類嗎？

遠在俄羅斯的森林裡，動物和植物如何適應不同的季節，發展出各種生活形態呢？快來一探究竟！

咦！人類可以騎著鵝飛上天？男孩尼爾斯被精靈縮小後，騎著家裡的白鵝踏上旅程，四處飛行，將瑞典的湖光山色盡收眼底。

歷史博物館館員

探索未知的自己

未來，你想成為什麼樣的人呢？探險家？動物保育員？還是旅遊頻道YouTuber……
或許，你能從持續閱讀的過程中找到答案。
You are what you read!
現在，找到你喜歡的書，探索自己未來的無限可能！

你喜歡被追逐的感覺嗎？如果是要逃命，那肯定很不好受！透過不同的觀點，了解動物們的處境與感受，被迫加入人類的遊戲，可不是有趣的事情呢！

哈克終於逃離了大人的控制，也不用繼續那些一板一眼的課程，他以為從此可以逍遙自在，沒想到外面的世界，竟然有更大的難關在等著他……

到底，要如何找到地心的入口呢？進入地底之後又是什麼樣的景色呢？就讓科幻小說先驅帶你展開冒險！

動物保育員

森林學校老師

瑪麗跟一般貴族家庭的孩子不同，並沒有跟著家教老師學習。她來到在荒廢多年的花園，「發現」了一個祕密，讓她學會照顧自己也開始懂得照顧他人。

打開中國古代史，你認識幾個偉大的人物呢？他們才華橫溢、有所為有所不為、解民倒懸，在千年的歷史長河中不曾被遺忘。

以人為鏡，習得人生

正直、善良、堅強、不畏挫折、勇於冒險、聰明機智……
有哪些特質是你的孩子希望擁有的呢？
又有哪些典範是值得學習的呢？

【影響孩子一生的人物名著】
除了發人深省之外，還能讓孩子看見不同的生活面貌，一邊閱讀一邊體會吧！

★ 安妮日記

在納粹占領荷蘭困境中，表現出樂觀及幽默感，對生命懷抱不滅希望的十三歲少女。

★ 清秀佳人

不怕出身低，自力自強得到被領養機會，捍衛自己幸福，熱愛生命的孤兒紅髮少女。

★ 海倫凱勒自傳

自幼又盲又聾又啞，不向命運低頭，創造語言奇蹟，並為身障者奉獻一生的世紀偉人。

★ 福爾摩斯探案故事

細膩觀察，邏輯剖析，揭開一個個撲朔迷離的凶案真相，充滿智慧的一代名偵探。

★ 湯姆歷險記

足智多謀，正義勇敢，富於同情心與領導力等諸多才能，又不失浪漫的頑童少年。

★ 海蒂

像精靈般活潑可愛，如天使般純潔善良，溫暖感動每顆頑固之心的阿爾卑斯山小女孩。

★ 環遊世界八十天

言出必行，不畏冒險，以冷靜從容的態度，解決各種突發意外的神祕英國紳士。

★ 魯賓遜漂流記

在荒島與世隔絕28年，憑著強韌的意志與不懈的努力，征服自然與人性的硬漢英雄。

★ 岳飛傳

忠厚坦誠，一身正氣，拋頭顱灑熱血，一家三代盡忠報國，流傳青史的千古民族英雄。

★ 三國演義

東漢末年群雄爭霸時代，曹操、劉備、孫權交手過招，智謀驚人的諸葛亮，義氣深重的關羽，才高量窄的周瑜……

想像力，帶孩子飛天遁地

灑上小精靈的金粉飛向天空，從兔子洞掉進燦爛的地底世界……
奇幻世界遼闊無比，想像力延展沒有極限，只等著孩子來發掘！
透過想像力的滋潤與澆灌，讓創造力成長茁壯！

【影響孩子一生的奇幻名著】
精選了重量級文學大師的奇幻代表作，
每本都值得一讀再讀！

★杜利特醫生歷險記

看能與動物說話的杜利特醫生，在聰慧的鸚鵡、穩重的猴子等動物的幫助下，如何度過重重難關。

★大人國和小人國

想知道格列佛漂流到奇幻國度，幫小人國攻打敵國，在大人國備受王后寵愛，以及哪些不尋常的遭遇嗎？

★小王子

小王子離開家鄉，到各個奇特的星球展開星際冒險，認識各式各樣的人，和他一起出發吧！

★快樂王子

愛人無私的快樂王子，結識熱情的小燕子，取下他雕像上的寶石與金箔，將愛一點一滴澆灌整座城市。

★愛麗絲夢遊奇境

瘋狂的帽匠和三月兔，暴躁的紅心王后！跟著愛麗絲一起踏上充滿奇人異事的奇妙旅程！

★彼得・潘

彼得・潘帶你一塊兒飛到「夢幻島」，一座存在夢境中住著小精靈、人魚、海盜的綺麗島嶼。

★柳林風聲

一起進入柳林，看愛炫耀的蛤蟆、聰明的鼴鼠、熱情的河鼠、和富正義感的獾，猶如人類情誼的動物故事。

★叢林奇譚

隨著狼群養大的男孩，與蟒蛇、黑豹、黑熊交朋友，和動物們一起在原始叢林中一起冒險。

★一千零一夜

坐上飛翔的烏木馬，讓威力巨大的神燈，帶你翱遊天空、陸地、海洋神幻莫測的異族國度。

★西遊記

蜘蛛精、牛魔王等神通廣大的妖怪，會讓唐僧師徒遭遇怎樣的麻煩，現在就出發前往這趟取經之路。

影響孩子一生名著系列 03
祕密花園
學習「愛」的付出
ISBN 978-986-95585-7-0 / 書 號：CCK003

作　　者：法蘭西絲・霍森・柏納特 Frances Hodgson Burnett
主　　編：陳玉娥
責　　編：陳沏璇、顏嘉成
插　　畫：蔡雅捷
美術設計：蔡雅捷、鄭婉婷
審閱老師：張佩玲

出版發行：目川文化數位股份有限公司
總 經 理：陳世芳
發　　行：周道菁
行銷企劃：許庭瑋、陳睿哲
法律顧問：元大法律事務所 黃俊雄律師
台北地址：臺北市大同區太原路 11-1 號 3 樓
桃園地址：桃園市中壢區文發路 365 號 13 樓
電　　話：(02) 2555-1367
傳　　真：(02) 2555-1461
電子信箱：service@kidsworld123.com
劃撥帳號：50066538

國家圖書館出版品預行編目 (CIP) 資料

祕密花園 / 法蘭西絲．霍森．柏納特作．-- 初版．--
臺北市：目川文化，民 106.12
面；　公分．--（影響孩子一生的世界名著）
注音版
ISBN 978-986-95585-7-0（平裝）

874.59　　106025092

網路書店：*kidsbook.kidsworld123.com*
網路商店：*kidsworld123.com*
粉 絲 站：FB「悅讀森林的故事花園」

印刷製版：長榮彩色印刷有限公司
總 經 銷：聯合發行股份有限公司
地址：新北市新店區寶橋路 235 巷 6 弄 6 號 4 樓
電話：(02)2917-8022
出版日期：2018 年 3 月（初版）
定　　價：280 元

建議閱讀方式

型式	圖圖圖	圖圖文	圖文文		文文文
圖文比例	無字書	圖畫書	圖文等量	以文為主、少量圖畫為輔	純文字
學習重點	培養興趣	態度與習慣養成	建立閱讀能力	從閱讀中學習新知	從閱讀中學習新知
閱讀方式	親子共讀	親子共讀 引導閱讀	親子共讀 引導閱讀 學習自己讀	學習自己讀 獨立閱讀	獨立閱讀